LE DIABLE AU CORPS

BLACKWELL'S FRENCH TEXTS

General Editor: R.C.D. Perman

LE DIABLE AU CORPS

Raymond Radiguet

*Edited with an Introduction
and Notes by*
RICHARD GRIFFITHS

BASIL BLACKWELL

First published 1983
Basil Blackwell Publisher Limited
108 Cowley Road, Oxford OX4 1JF, England

British Library Cataloguing in Publication Data
Radiguet, Raymond
    Le diable au corps.—(Blackwell French texts)
I. Title   II. Griffiths, Richard
843'.912[F]   PQ2635. A25

ISBN 0-631-13314-3

Typesetting by Pen to Print, Oxford
Printed in Great Britain by
The Camelot Press Ltd, Southampton

CONTENTS

INTRODUCTION

A MISUNDERSTOOD WORK

In the early months of 1923 the French public was being assailed by advance publicity for a new novel, to appear in March. This publicity was unprecedented in its nature. The resources of the cinema were used to the full. Critics pointed to the American nature of the methods used. 'Grasset fait une publicité monstre pour *Le Diable au corps*, de Raymond Radiguet', wrote Maurice Sachs:

> C'est la première fois qu'on emploie au profit d'un livre des méthodes réservées aux savons, laxatifs, etc. Et ça a réussi: le livre se vend.[1]

The publicity appears to have had little bearing on the literary qualities of the book itself, but concentrated on the youth of the author, and on the extraordinary fact that he had written a novel at all. News films were filled with images of the hand of 'le plus jeune romancier de France' as it signed the last page of the novel, of the publisher Grasset overcome with emotion on reading the manuscript, of howling crowds assailing bookshops for a copy of it.[2] Grasset's view on such a young man writing such a novel seems to have been similar to that of Dr Johnson on women preaching, which he described as 'like a dog's walking on his hind legs . . . you are surprised to find it done at all'.

There is no doubt that, though the book sold, this was on the whole for the wrong reasons. Radiguet, who had lent himself to the publicity, and who at one stage claimed to have

[1]Maurice Sachs, *Au temps du Boeuf sur le toit* (Paris 1948), p. 178.
[2]See letter from Roger Martin du Gard to Gide, 1 March 1923 (Gide–Martin du Gard *Correspondance*, I, pp. 212–14).

helped to think it up, was nevertheless exasperated by the response.

> C'est, si l'on pense un peu, bien du mépris pour les jeunes gens, que de s'étonner parce que l'un d'eux écrit un roman [he wrote, a week after the novel's appearance].[3]

The first publicity success was soon compounded by a 'succès de scandale', as the content of the book aroused the shocked reaction of the more traditional critics and writers. The scandal lay in two areas: Radiguet had shown a schoolboy's love affair with an older woman; but, far worse, he had written an *unpatriotic* book which ignored the heroism of the First World War. Roland Dorgelès was among the war novelists who found the theme of the young man cuckolding the absent soldier repellent. Their comments, and the outcry of the ex-servicemen's associations, only served to provide the kind of publicity that made the book sell even better among the younger generation.

The hostility of critics, however, was not solely caused by moral concerns. Some, such as Aragon,[4] were so put off by the publicity that their view of the novel itself was marred by it. As Rivière wrote to Grasset: 'Déjà votre lancement du *Diable au corps* avait réussi à indisposer contre Radiguet tous les bons esprits.'[5] Cocteau was to blame Grasset for the counterproductive effects of 'la réclame de l'éditeur faite pour tuer n'importe quel début'. Grasset, he claimed, 'substitue la malédiction par le tapage à la malédiction par le silence'.[6]

Despite this background, the outstanding literary merit of the book was recognized by a number of leading literary figures. Yet even in the literary world there were circumstances that could mask its qualities. It did, it is true, win the newly instituted Prix du Nouveau Monde in May 1923. Yet many, looking at the jury for the prize, might well have considered it to have been 'packed' by friends of Jean Cocteau; and indeed, anyone observing Cocteau's efforts to

[3]*Les Nouvelles littéraires*, 10 March 1923.
[4]*Paris-Journal*, 23 March 1923.
[5]Rivière to Grasset, 6 June 1924, quoted in Boillat, p. 55.
[6]Cocteau, *Le Rappel à l'Ordre* (1926), p. 252.

exert pressure on his co-jurors might well have come to the same conclusion.[7]

For at this stage Radiguet was above all known, in the literary world, as the inseparable companion of Jean Cocteau, and a leading figure in the homosexual circles around him. They had first been introduced in early 1919, when Radiguet was fifteen, by Max Jacob, with whom the young lad had already become involved. (From late 1917 onwards Radiguet, whose home was at Parc Saint-Maur on the Marne, had been bringing to Paris cartoons by his father, the artist Maurice Radiguet, and delivering them to the newspaper *L'Intransigeant* where they were to be published. Through this he had got to know many figures in the Paris literary world.) Cocteau's affair with Radiguet lasted, despite occasional storms, from 1919 until the younger man's death in December 1923.

To date, Radiguet had been mainly known, on the literary level, for one short play, some poetry, published in various journals (and some of it collected into two slim volumes) and some short stories and literary criticism. Of the poems it has been said with some perspicacity: 'Force nous est de reconnaître qu'il leur manque précisément le pouvoir de ne pas se laisser oublier';[8] the short stories were not particularly striking; the literary criticism, on the other hand, had certain evident qualities of crispness, originality and coherence. Yet to contemporaries its resounding praise of Cocteau and his circle must have seemed as suspect as Cocteau's own acclamations of Radiguet as a genius, the spiritual successor of Rimbaud.

And yet . . . even as Radiguet was savouring his new-found celebrity, there were people of discernment who were realizing that this was no flash-in-the-pan success, but that the novel itself was one of the most remarkable of its age. Radiguet is perhaps a good example to prove that you cannot hope to get any inkling of the nature of an author's genius by looking at his life. The spoilt, moody, selfish and often unpleasant youth had produced a work of great insight; the child had produced a work of maturity; the young favourite of the salons had shown that he could be more profound than his mentors.

[7] See Steegmuller, p. 306.
[8] David Noakes, *Raymond Radiguet*, p. 99.

Within nine months of the novel's appearance, Radiguet was dead; typhoid, aggravated by the weakness caused by excesses of alcohol and drugs, ended his meteoric career in December 1923, at the age of twenty. A second brilliant novel, *Le Bal du Comte d'Orgel*, written in 1922–23, was to be published posthumously in 1924.

Much has been made, by the critics, of the fact or the belief that much of *Le Diable au corps* reflects certain experiences of the author in his years at Parc Saint-Maur. There is no need here to go deeply into the pros and cons of the matter, which have been widely discussed (without any valid conclusions being reached) elsewhere. Suffice it to say that the drawing of such parallels with life, whether they turn out to be true or untrue, is counterproductive.

Many novels have suffered in this way from being regarded above all as expressions of autobiographical truths. Novels written in the first person are particularly vulnerable in this respect. Yet rarely has any novel suffered so overwhelmingly from this approach as *Le Diable au corps*.

It is perfectly true to say that all authors have to rely upon their own experience when writing – whether it be actual lived experience or the vicarious experience provided by books, or by the statements of others. Nobody can write in a vacuum. Elements in the detail of Radiguet's novel, therefore, stem from his life. Equally, other elements do not. What is relevant, for the reader, is the use made of all these various elements to produce a *novel*, in which the characters are fictional entities with a life of their own, independent of the author's lived experience.

Radiguet himself stressed on more than one occasion the dangers of the autobiographical approach. Writing in *Les Nouvelles littéraires* shortly after the novel's appearance, he referred to 'le héros du *Diable au corps* (que malgré l'emploi du "je" il ne faudrait pas confondre avec l'auteur)', and went on to define the nature of the novel very clearly.

> Ce petit roman d'amour n'est pas une confession, et surtout au moment où il semble davantage en être une. C'est un travers trop humain de ne croire qu'à la

sincérité de celui qui s'accuse; or, le roman exigeant un
relief qui se trouve rarement dans la vie, il est naturel que
ce soit justement une fausse autobiographie qui semble la
plus vraie.[9]

A novel is a work of art. It refashions life. What is
important, therefore, is the picture which it fashions, and not
the origins of the elements which make up that picture. For
that reason this edition will not concern itself with drawing
parallels between Radiguet's private life and his novel, though
it *will* be worth looking at some of the circumstances of its
writing, and of the literary influences upon it.

The novel was written mainly while Radiguet was on holiday
with Cocteau during the summer of 1921. Back in Paris,
Cocteau took the manuscript first to the Éditions de la Sirène,
then to Grasset, who immediately signed a contract. He
requested, however, a number of important alterations,
including the ending.

This ending clearly caused Radiguet a lot of trouble. Several
drafts are known to have been made in early 1922. One, with
which he had originally been happy, was rejected by Cocteau
as being like a piece of homework put together in a hurry by a
bad pupil. Radiguet at first angrily destroyed it, but later
agreed with Cocteau's judgment. Cocteau took him to
Chantilly and locked him in a hotel room until he produced a
new version.[10] The book was now ready for Grasset's
publicity venture. It is fascinating to realize that one of the
most remarkable features of the novel, its superb last pages,
was created with such effort and uncertainty.

Cocteau's obvious personal ascendancy over Radiguet has
led many people to ask whether Radiguet's novels were
affected by his literary influence. Cocteau himself felt that if
there was any influence, it was in the other direction, and that
Radiguet had taught him to look at literature in an entirely
new way. Critics have wavered between these two views.

[9]Radiguet: 'Mon premier roman: *Le Diable au corps*', in *Nouvelles littéraires*,
10 March 1923. Republished in Henri Massis, *Raymond Radiguet* (Paris
1927), pp. 95–101.
[10]Steegmuller, p. 278.

The question is, however, a superfluous one. Radiguet's genius, and Cocteau's talent, are of a completely different order. One has only to compare Cocteau's *Thomas L'imposteur* and Radiguet's *Le Diable au corps*, which, written at about the same time, have certain superficial similarities of approach, to see that Cocteau could never have written *Le Diable au corps*, and vice versa. Where the simplicity of *Le Diable au corps* is easy and natural, the attempt at a similar effect in *Thomas L'imposteur* succeeds only in being mannered. Cocteau could see the worth of Radiguet's novel; he could neither have inspired nor imitated it. His capabilities, many and varied as they were, were quite other.

It is nonetheless true that the two authors shared certain attitudes and predilections at this time – above all, a strong reaction against the complications and obscurities of much modern literature. They railed against Dada, and against Jarry's *Ubu Roi*. Instead, they turned to a new cult of classicism and clarity. Radiguet sought his poetic inspiration in Ronsard, Chénier, Malherbe, La Fontaine, Tristan l'Hermite. Cocteau rejected the 'elaborate' Flaubert in favour of Stendhal, Balzac and Proust.

In his prose, Radiguet was strongly influenced by the clarity and precision of the traditional psychological novel. Madame de Lafayette's *La Princesse de Clèves*, the first great French psychological novel, had been among his favourite books from early adolescence; its influence, already strong in *Le Diable au corps* as far as form was concerned, was to dominate the whole theme of his second novel, *Le Bal du Comte d'Orgel*. Among other strong influences must be included, from the eighteenth century, Choderlos de Laclos and the Rousseau of the Confessions, 'où il a fait plus preuve de ses dons de romancier que dans *La Nouvelle Héloïse*';[11] from the nineteenth, Constant and Stendhal; and from the twentieth, Proust.

Reminiscences of these writers abound in *Le Diable au corps*. His novel is, however, much more than an exercise in re-creation. As we shall see, he uses their techniques in ways that transform, and destroy, many of the certainties which

[11]Radiguet, 'Notes critiques diverses', *Oeuvres complètes*, II, p. 381.

they seem to imply. *Le Diable au corps* is a deceptively simple book. Cocteau was as taken in by its appearance as many of his contemporaries. Much of its novelty lies in effects achieved by the use of certain narrative techniques.

NARRATIVE TECHNIQUES – AUTHOR, NARRATOR, HERO

Amid the writers of the short first-person narratives that are typical of the period just after the First World War, Radiguet stands out as the author who most subtly manipulates the complexities of the author–narrator–hero relationship. This relationship colours all other aspects of the novel.

To look closely into this aspect of *Le Diable au corps*, we will need to define our terms precisely. The narrator is, of course, an older version of the central character of the novel, writing about himself in retrospect; but we will need to differentiate between these two incarnations of the same person. The youth, who is being described, will therefore be called 'the hero'; the older version of this youth, who is describing him, will be called 'the narrator'; and the author, who cannot communicate with us directly, but who, as the creator of both hero and narrator, directs everything from behind the scenes, and continually pushes us in the direction of certain indirect inferences, will be called 'the author'.

A note found among Radiguet's papers after his death points out to us one of the main problems presented by the text of this novel. At first the note looks merely like another denial of an autobiographical element in the novel; but the denial then extends to the 'truth' of the story in relation to the narrator and the hero as well:

On a voùlu voir en mon livre des confessions. Quelle erreur! Les prêtres connaissent bien ce mécanisme de l'âme, observé chez les jeunes garçons et chez les femmes, de fausses confessions, celles où l'on se charge de méfaits non commis, par orgueil. C'est à la fois pour donner au *Diable* le relief d'un roman que tout y est faux, et ensuite pour peindre la psychologie du jeune garçon, héros du livre. Cette fanfaronnade fait partie de son caractère.[12]

It is not just the *author* who is not telling the truth; the *main character*, equally, is mendacious, both at the time of the events depicted, and also in his later depiction of them. The narrator, for various reasons (boasting, self-exculpation, misunderstanding, etc.) is not to be trusted as giving an undistorted version of events.[13]

Another reason for mistrust of the narrator is the difficulty all human beings have in perceiving the truth. This novel shows us the impossibility, not only of communicating with others, but also of assessing honestly one's own thoughts and motives.

PROBLEMS OF COMMUNICATION AND UNDERSTANDING

The narrator's language is very precise. His thought therefore appears to be equally precise. Yet – and this is one of the paradoxes of the novel – this very precision leads to doubts as to whether anything can really be expressed accurately. Words are imperfect vehicles for thought; so are gestures. Even silence deceives.

Throughout the novel, the narrator shows the impossibility both of understanding others, and of expressing oneself. In the early stages of the lovers' relationship, when it appears to the hero as though they are in perfect harmony, and as though there were no need for words, silence proves to be a source of misunderstanding:

Nous nous taisions. J'y voyais une preuve du bonheur.
Je me sentais tellement près de Marthe, avec la certitude que nous pensions en même temps aux mêmes choses, que lui parler m'eût semblé absurde, comme de parler haut quand on est seul. Ce silence accablait la pauvre petite. (p. 30)

[12]Quoted at the end of Cocteau's preface to *Le Bal du Comte d'Orgel* (Grasset 1924).
[13]The first-person narrative has always contained this capacity for disorientating the reader by throwing doubt upon the veracity of the narrator. See, e.g. Diderot, Constant.

Yet the narrator is equally aware of the shortcomings of human speech. It might have been better, he muses, to use words or gestures to explain his feelings; but these means of communication are themselves clumsy and unsubtle. The inference is that there is no means of accurate communication:

✳ La sagesse eût été de me servir de moyens de correspondre aussi grossiers que la parole ou le geste, tout en
déplorant qu'il n'en existât point de plus subtils. (p. 30)

A similar situation occurs later in the novel, and the same issues are raised. Jacques has written to Marthe, saying that he would be passing through the local station, and would like her to watch out for him on the station platform.

Marthe me montra cette lettre. Elle attendait un ordre.
L'amour lui donnait une nature d'esclave. Aussi, en
face d'une telle servitude préambulaire, avais-je du mal à
ordonner ou défendre. Selon moi, mon silence voulait
dire que je consentais. (p. 62)

Marthe, too, remains silent.

Elle garda le même silence. Donc, par une espèce de
convention tacite, je n'allai pas chez elle le lendemain.
(p. 62)

The convention exists only in the hero's mind, as we are soon to realize. Momentarily, by the use of *style indirect libre*, the narrator has made it seem to be real and mutual; yet it is merely the hero's presumptions that are being given to us. It is only when Marthe has sent the hero a note, and when he has been amazed by her subsequent coldness to him, that the narrator lets us know what has really happened:

Simplement, Marthe avait pris mon silence de l'avant-
veille pour un silence hostile. Elle n'avait pas imaginé la
moindre convention tacite. A des heures d'angoisse
succédait le grief de me voir en vie, puisque seule la mort
eût dû m'empêcher de venir hier. (p. 62)

Surely *words* should be used in future?

Je l'embrassai, la berçai. 'Le silence, dis-je, ne nous réussit pas.' Nous nous promîmes de ne rien nous celer de nos pensées secrètes. . . (p. 63)

But the hero himself, despite his youth, was already as aware as the narrator was to be of the futility of placing faith in the possibility of such a thing: '. . . moi la plaignant un peu de croire que c'est chose possible' (p. 63).

Non-communication is not caused merely by the inadequacy of means, however. Man's character leads him consciously to mislead. One of the constant themes of this novel is that of lying.

Of course, at one level lies are the small change of human relationships. One can lie to flatter, as the hero does in his first communication with Marthe: 'Je complimentais Marthe sur ses aquarelles' (p. 15). (We have already heard, on the previous page, his opinions on her watercolours:

Ces aquarelles étaient sans nulle recherche; on y sentait la bonne élève du cours de dessin, tirant la langue, léchant les pinceaux.) (p. 14)

But the hero's lies go far beyond these social niceties. One reason for them is the desire to shine. In the same conversation with Marthe, when he learns that Marthe's fiancé had forbidden her to go to art school, he lies again, saying he often worked in one. Then, as so often in this novel, he asks for silence on the matter, adding lies to lies:

Craignant ensuite que mon mensonge fût découvert, je la priai de n'en point parler à mon père. Il ignorait, dis-je, que je manquais des cours de gymnastique pour me rendre à la Grande-Chaumière. Car je ne voulais pas qu'elle pût se figurer que je cachais l'académie à mes parents, parce qu'ils me défendaient de voir des femmes nues. (p. 16)

Many of the hero's later actions are caused by a similar need to 'se faire valoir'; but we also find more generalized reasons for lying, which show it to be far more of a general necessity which distorts human relations.

The hero finds, for example, a thrill of complicity in the lies of others. Already, at school, he had delighted in the headmaster's lying. On the occasion of his first meeting with Marthe in Paris, this sense of complicity adds to the excitement for him. He has decided that he wants her to give up her projected lunch with her future parents-in-law, to stay with him; yet at first he cannot believe that she would be capable of lying to them. But soon the hero is proved wrong once more. Marthe rings her parents-in-law to say that she is too far away to get to them in time for lunch. The hero is emboldened by this to try to force her to lie again. He buys her roses:

> Je ne pensais pas tant au plaisir de Marthe qu'à la nécessité pour elle de mentir encore ce soir pour expliquer à ses parents d'où venaient les roses. Notre projet, lors de la première rencontre, d'aller à une académie de dessin; le mensonge du téléphone qu'elle répéterait, ce soir, à ses parents, mensonge auquel s'ajouterait celui des roses, m'étaient des faveurs plus douces qu'un baiser. (p. 22)

The hero lies to Marthe, to his father, to Svéa, to everyone. What complicates matters is that these lies sometimes turn out, unexpectedly, to be the truth. When he lies to his father about his reasons for absence from school, for example, he soon finds, to his surprise, that he indeed likes the work he had claimed he longed for:

> Chose incroyable! J'avais même pris goût au travail. Je n'avais pas menti comme je le craignais. (p. 26)

Things are complicated still further by the subtleties created by the knowledge, in others, that one is capable of lying. On occasions when one is in fact telling the truth, it may sound as though one is lying. The hero, for example, tries to explain to Marthe why he had remained silent on the matter of her seeing Jacques at the station:

> Je lui expliquai ma réserve, mon respect pour ses devoirs envers Jacques malade. Elle me crut à demi. (p. 62)

She does not fully believe him, because what he is saying sounds like excuses. People, when apologizing, tend to lie to make things easier. The hero happens to be telling the truth, but cannot communicate this. 'J'étais irrité. Je faillis lui dire: "Pour une fois que je ne mens pas . . ."' (p. 62).

The relationship between the two lovers is thus filled by words which mean nothing, and by real feelings which cannot be put into words. Nowhere is this more clear than in the expression of love itself. On the one hand, the hero's statements are made to conform to certain expected norms, and do not reflect his feelings:

> Disais-je à Marthe (sans y croire d'ailleurs), mais pour lui faire penser que je partageais ses inquiétudes: 'Tu me délaisseras, d'autres hommes te plairont', elle m'affirmait être sûre d'elle. (p. 41)

On the other hand, real feelings are impossible to express. At one point, when he has been saying cruel things to Marthe, the narrator comments:

> Je ne pensais rien de ce que je disais, et pourtant j'éprouvais le besoin de le dire. Il m'était impossible d'expliquer à Marthe que mon amour grandissait. (p. 43)

So all human relationships are falsified by this inability to reach the truth about each other. The novel goes beyond this, however. It also shows us how impossible it is for human beings to understand themselves, and their own motives. Both the main characters in the book are lacking in self-knowledge, particularly the hero.

At one level, all this is presented very simply and straightforwardly to us. The narrator, speaking from what appears to be the superior position of hindsight, points out the faults he perceives in the hero's views of his own motivation. Early in the novel, for example, where he describes his younger self getting into his father's boat, but not rowing it, he says:

> . . . Je ne ramais pas, et sans m'avouer que ma peur n'était pas celle de lui désobéir, mais la peur tout court. (p. 6)

We do not just lie to others, we also lie to ourselves. When impatient to see Marthe again after their first meeting, the hero

xviii

finds reasons to do so; the narrator, after the event, perceives clearly the justifications fabricated by youth:

> Je me promettais bien cet effort de volonté de ne pas venir la voir avant le jour de notre rendez-vous. Pourtant le mardi soir, ne pouvant attendre, je sus trouver à ma faiblesse de bonnes excuses qui me permissent de porter après dîner le livre et les journaux. Dans cette impatience, Marthe verrait la preuve de mon amour, disais-je, et si elle refuse de la voir, je saurais bien l'y contraindre. (p. 19)

Other comments by the narrator point to the fact that the hero's attitudes are not particular, but general attitudes of mankind. The impression is built up of the narrator as a kind of omniscient oracle, telling us general truths:

> Marthe ne m'intimide pas, me répétais-je. Donc, seuls, ses parents et mon père m'empêchent de me pencher sur son cou et de l'embrasser.
>
> Profondément en moi, un autre garçon se félicitait de ces trouble-fête. Celui-ci pensait:
> — Quelle chance que je ne me trouve pas seul avec elle! Car je n'oserais pas davantage l'embrasser, et n'aurais aucune excuse.
> Ainsi triche le timide. (p. 17)

Having shown us the gulf between the motives we admit to ourselves, and the subconscious motives that lie behind them, the narrator ends with a general statement about human nature.

THE FALLIBLE NARRATOR

All this is straightforward so long as we regard the narrator as a superior being, with a hot line to the truth which eludes the hero and the rest of mankind. But the narrator is a man like the rest of us. He, too, may be mistaken about things. The unfortunate thing is that in his case there is no further narrator, to point out his mistakes to us. We have to work it all out for ourselves.

For ourselves, but not by ourselves. The *author* helps us to appreciate the dangers of trusting the narrator too completely. He cannot tell us things directly, as the narrator can. What he can do is leave clues for us, hints that we should pick up. He builds up his picture of the narrator and of the hero not by making categorical statements, but by giving us seemingly unconnected facts which do, in fact, form a pattern.

The narrator often points out clearly to us the occasions when the hero has misjudged a situation. At other times, however, he appears not to notice such misjudgments (at any rate, he does not draw attention to them). It is left for the reader to piece together a truth which appears to have evaded the narrator's notice. One very simple example of this is the occasion when, at their first meeting, the boy chides Marthe for the way she has done her hair. Marthe makes excuses for it. The boy is amazed. 'Quelle fille était-ce donc, pensais-je, pour admettre qu'un gamin la querelle à propos de ses mèches?' (p. 16) Why should she worry what he thinks of her?

Why is this detail here? In this precise, concise novel nothing is there without a purpose. We have only to look back a page to see that this is a subtle way of showing the boy's mistaken judgment of Marthe, when he first saw her: 'Sa robe, son chapeau, très simples, prouvaient son peu d'estime pour l'opinion des autres' (p. 15).

The word 'prouvaient' should already have been a pointer for us. Whenever the hero's judgment is most uncertain, words of certainty abound: 'la certitude que nous pensions en même temps aux mêmes choses', etc. (p. 30). This judgment, and our almost immediate realization that it was false, seem insignificant, but are of importance in the novel as a whole, where Marthe's awareness of the opinions of others plays so great a part.

The narrator, also, is capable of a faulty interpretation of events. At one point in the novel this fact is brought directly to our attention, when the narrator, obsessed as ever by sincerity, catches himself about to perpetrate a lie about his own motives, and corrects himself. It comes at the point where the hero is trying to excuse himself to his father for his truancy:

> Devant sa générosité, j'avais honte du présent et de l'avenir. Car je sentais que quoi que je lui dise, je mentirais. 'Au moins que ce mensonge le réconforte, pensai-je, en attendant de lui être une source de nouvelles peines.' (pp. 25–6)

The hero is convinced that he is going to lie to save his father suffering. Of course, as we have already seen, the hero may be lying to himself about his own motives; but we have become accustomed to the narrator putting us right about this, from greater, later knowledge. We have almost been lulled into thinking of the narrator as omniscient, lucid and truthful. Yet at this point, the narrator shows us that he, too, has problems with sincerity: as an older version of the hero, he is open to the same need for self-justification. He is just about to believe the motivation he has ascribed to the hero; only just in time does he restrain himself from doing so, with the sudden realization that he, too, is about to lie to himself:

> Ou plutôt non, je cherche encore à me mentir à moi-même. Ce que je voulais, c'était faire un travail, guère plus fatigant qu'une promenade, et qui laissât comme elle, à mon esprit, la liberté de ne pas se détacher de Marthe une minute. Je feignis de vouloir peindre et de n'avoir jamais osé le dire. (p. 26)

Once we realize that the narrator, too, is capable of self-justification (for even if he resists it here, it clearly remains part of his character), our whole attitude to the book must change. And the author himself, in the very first paragraph of the book, has given us a very clear indication of the narrator's character and intentions, and the way in which they may affect the narration. In the novel itself, we see the propensity of the *hero* to make excuses for himself the whole time. This is, in part, blamed on his age. But in this first paragraph the *narrator* is doing exactly the same thing. Though older, his tone is still that of childish self-justification: 'it wasn't my fault', 'I wasn't the only one', etc. Note, particularly, the italicized passages (my italics):

> *Je vais encourir bien des reproches*. Mais qu'y puis-je? *Est-ce ma faute* si j'eus douze ans quelques mois avant la

déclaration de la guerre? Sans doute, les troubles qui me vinrent de *cette période extraordinaire* furent d'une sorte *qu'on n'éprouve jamais à cet âge*: mais comme il n'existe rien d'assez fort pour nous vieillir malgré les apparences, c'est en enfant que je devais me conduire dans une aventure où déjà un homme eût éprouvé de l'embarras. *Je ne suis pas le seul*. Et mes camarades garderont de cette époque un souvenir qui n'est pas celui de leurs aînés. *Que ceux déjà qui m'en veulent se représentent* ce que fut la guerre pour tant de très jeunes garçons . . . (p. 3)

As Radiguet himself pointed out,[14] too, some of the falsity of the story comes from the fact that the narrator's character has elements of 'fanfaronnade'; how much of the story is true, and how much of it is coloured into a 'false confession'? Radiguet himself was exasperated by the critics' failure to perceive this essential characteristic of the story: 'Je croyais', he wrote,

que l'on discernerait le côté fanfaron du héros du *Diable au corps* – et que les premières pages l'indiquaient assez. Ce que je reproche aux critiques, c'est d'avoir voulu élargir le débat, d'en avoir fait une question de génération.[15]

The narrator has taught us to mistrust the hero's 'certainties', often explicitly, sometimes implicitly. He has also warned us that nobody can know anything for certain. The hero may have youth as an excuse for the naïveté of his belief in his own judgment, says the narrator, but we all, at every age, share the same naïveté:

Ma clairvoyance n'était qu'une forme plus dangereuse de ma naïveté. Je me jugeais moins naïf, je l'étais sous une autre forme, puisque aucun age n'échappe à la naïveté. Celle de la vieillesse n'est pas la moindre. (p. 45)

The narrator's warnings are not, however, heeded by himself. We continually find the hero's categorical views contradicted even more categorically:

[14]See p. xiv.
[15]'Ile-de-France, Ile d'Amour. Esquisses et notes' (*Oeuvres complètes*, II, pp. 323–44).

Manquer la classe voulait dire, selon moi, que j'étais amoureux de Marthe. *Je me trompais. Marthe ne m'était que le prétexte de cette école buissonnière.* Et *la preuve*, c'est qu'après avoir goûté en compagnie de Marthe aux charmes de la liberté, je voulus y goûter seul, puis faire des adeptes.[16] (p. 24)

Only rarely does the narrator question his own certainties explicitly. Sometimes, however, we get hints of second thoughts. When the hero invites Svéa around, for example, without letting her know that Marthe will not be there, the narrator first says that the hero did not know at the time why he did this: 'J'affirme que je ne savais au juste ce que je comptais faire.' He then goes on categorically, with hindsight, to attribute the action to childish attitudes, the desire to astonish:

J'agissais comme ces enfants qui, liant connaissance, cherchent à s'étonner entre eux. Je ne résistais pas à voir surprise ou colère sur la figure d'ange de Svéa, quand je serais tenu de lui apprendre l'absence de Marthe. (p. 72)

Yet, within a moment, this 'certainty' is undermined by being bolstered up by another phrase, as though the narrator is trying to convince himself of his own interpretation:

Oui, c'était sans doute ce plaisir puéril d'étonner. (p. 72)

If we look closely at the scene in question, a whole series of other alternatives for motivation are provided by the author.

Human motivation is so complex that it is an impossibility for an individual human being to assess it. The twentieth-century novel is based on ambiguity, because of a mistrust for the over-simplification provided by so many of the novelists of preceding generations. At first sight Radiguet, whose spare epigrammatic style, with its precise statements about human behaviour, seems to owe so much to the classical psychological novelists, appears to stand outside this modern trend. It is only when one looks at his novel more closely that one sees that everything is bathed in ambiguity, and that this ambiguity is based on a subtle rejection of the narrator's certainties.

[16]My italics.

This is achieved, in large part, by all the additional information which the author gives us, unconnected with any 'narrator's interpretation'. This extra information is given to us almost in passing; often, the narrator gives us a different reason for touching on the matters concerned, yet within the detail of those matters there is much which is not required by that reason, and which takes us in quite different directions. No detail is superfluous. Everything has its purpose (even when the narrator is unaware of it).

Take, for example, the second section of the novel, the episode of the maid on the rooftop. The narrator excuses the lengthy treatment of this as follows:

> Si j'insiste sur un tel épisode, c'est qu'il fait comprendre mieux que tout autre l'étrange période de la guerre, et combien, plus que le pittoresque, me frappait la poésie des choses. (p. 11)

Yet the episode does not tell us much about the war period. It could have taken place at any time. Admittedly, the narrator has shown, from the first paragraph of the book, the wish to blame his former behaviour on 'cette période extraordinaire'; admittedly, too, the freedom of wartime is shown, in the novel, to favour the adolescent's wishes. The whole of the second section *could* thus be taken just as one more example of the 'phénomènes avant-coureurs', like the Sarajevo assassination and the Caillaux trial, which 'répandaient une atmosphère irrespirable, propice à l'extravagance' (p. 8). Yet it does far more than this. The author here shows us a whole series of aspects of the boy, and of the influences upon him, which we will need to bear in mind throughout the rest of the novel. We learn, for example, a certain amount about the boy's father, and about their attitude to each other. The father recurs again and again in the novel for this kind of reason; and, though it is the narrator who tells us, in passing, individual features of the father's behaviour, he does not draw them together to explain his own (and the hero's) attitudes. It is left to us to realize the enormous effect which this man, and his behaviour, have had upon his son.

So, when we attempt to assess the development of this love story, and the behaviour of its main protagonist, we shall find that the picture is rarely as clear-cut as the narrator would have us believe, and that many of the most important influences and aspects are those to which the narrator himself draws least attention.

THE SELF-CONSCIOUS HERO

J'observais mon cœur novice comme un parvenu observe ses gestes à table. (p. 58)

Like the heroes of Constant and Stendhal, the hero of this novel is continually examining his own motives and actions. Not only that, but, like Stendhal's Julien Sorel ('Ai-je bien joué mon rôle?')[17] he is continually influenced by the part he believes he ought to be acting. The process is artificial; it is as though the hero himself has no spontaneous reactions. Yet spontaneity does come through, in the hero's timidity, and in his fear of ridicule. Again and again this 'peur du ridicule' (p. 35) this fear that he may 'jouer mal mon rôle' (p. 49), reappears.

The sections of the novel which precede his first meeting with Marthe provide us, as with so many other matters, with clues as to the influences upon his role-playing. There is, for example, his capacity for exaggerating and dramatizing events; the maid on the roof is seen as being 'comme sur un pont de navire pavoisé' (p. 9), and the hero thinks of 'quelque fille, capitaine corsaire, restant seule sur son bateau qui sombre' (p. 10); the house itself is seen as 'cette maison du crime' (p. 9). There is the evidence, too, of his emotional, physical reaction to the excitement of such dramatic events.

We see, too, his desire to shine, to be adult, his pride in being treated 'comme . . . une grande personne', his 'ivresse d'homme' (p. 5). This desire leads to much of the artificiality of the poses which the hero strikes in the novel, and to their failure when placed alongside his own nature.

The two major sources for his most important 'roles' are also touched upon in this early section. One is books; the other is the influence of others around him.

[17]Stendhal, Le Rouge et le Noir, book I, chapter XV.

We learn that between 1913 and 1914 he read about 200 books; the 'best' books, not children's books. The importance of those books, to him, is shown by the fact that when it looks as though they will have to evacuate the house because of the German advance, he asks his father how they can remove their old books; 'c'est ce qu'il me coûtait le plus de perdre' (p. 12). The hero scorns those who do not share his tastes, is proud that these tastes may shock others. Various literary references, throughout the novel, show that the narrator continues to benefit from the wide reading concerned.

The hero's self-conscious role-playing owes much to this literary preparation. In particular, novelists like Stendhal and Choderlos de Laclos appear to have affected certain precise actions. Take the Svéa interlude, for example. In the original version of this section (published separately in February 1922), Radiguet had, significantly, drawn a precise reference to Laclos's *Liaisons dangereuses*. When the hero met Svéa,

> prononçant mal son nom, je lui demandai de l'appeler Cécile. Je prétendais que c'en était la traduction française. Je pensais à Cécile Volanges.[18]

The hero's attitudes in this episode, his attempt to play the role of seducer, are thus explained. He sees himself as Valmont attempting to seduce Cécile Volanges. He is a libertine, misleading her into a tête-à-tête, wishing to take her willy-nilly. He speaks of his 'desseins':

> J'espérais que sa griserie servirait mes desseins, car peu m'importait qu'elle me donnât ses lèvres de bon cœur ou non. (p. 73)

In his Valmont role, he hopes 'que je bénéficierais d'un viol facile'. (p. 74)

All this parallels the famous Letter 96 of *Les Liaisons dangereuses*, where Valmont, having used a 'ruse' to get into Cécile's room, takes her by force. Radiguet's hero uses the language of Valmont. He sees himself as a calculating seducer. Like Valmont, he loves someone else, but just as Valmont finds 'la petite Volanges ... une distraction que ma solitude me

[18]'Svéa', published in *Les Feuilles libres*, no. 25, February 1922.

rendait nécessaire', so Radiguet's hero finds that 'mon isolement me fit prendre goût aux enfantillages de cette petite personne'. (p. 72)

The unreality of the whole performance is shown to us even before the tête-à-tête. The hero, shown by Svéa the picture of her naked sister on horseback, has an overwhelming desire to kiss her. He restrains himself, but believes he must have on his face 'une expression bien bestiale, car je la vis peureuse, cherchant des yeux le signal d'alarme' (p. 73). This belief (repeated, one must note, by the narrator) is clearly exaggerated, a dramatization to fit the role he believes himself to be playing. If his expression *had* been 'bestial', if Svéa really *had* been terrified, we could hardly expect the next sentence: 'Le lendemain, elle arriva chez Marthe à quatre heures.'

As with so many of the hero's role-playing episodes, the reality of the situation turns all to absurdity: 'J'aurais voulu la déshabiller', he writes. But 'je n'avais jamais déshabillé de femmes; j'avais plutot été déshabillé par elles' (p. 74). He goes about it completely the wrong way; she struggles, he is reduced to kissing her feet. 'Enfin, la satiété arriva', but not for the reason that it would for Valmont.

Why was the precise reference to *Les Liaisons dangereuses* removed? There are a number of possible reasons, but the most likely one is that here, as elsewhere, the author wishes to avoid a *specific* reference, in order the make the point more subtly. The boy is playing at being the 'great seducer'; this concept is shown as being alien to him, and as being based on a literary imagination. Little else is needed.

The tone, also, makes this seduction scene something quite different from its model. The narrator stresses the language of 'gourmandise', throughout.

> Ce n'est pas par vice que je convoitais Svéa, mais par gourmandise.... Je désirais Svéa comme un fruit.... Je mordillais ses joues, m'attendant à ce qu'un jus sucré jaillisse, comme des pêches.... Enfin, la satiété arriva, comme la gourmandise s'arrête après trop de crème et de friandises. (pp. 73–4)

The hero is not the stuff of which libertines are made. The child's imagery of greed parallels an uncertainty as to what he really desires. At one moment he talks of 'desseins', of 'un viol facile'; at others 'ses joues m'eussent suffi, à défaut de ses lèvres', or 'j'éprouvais un besoin de bavardage, de confidences enfantines' (pp. 73–4).

The hero sets up other scenes in a literary way, as well. One of the best examples is his unexpected visit to Marthe, at night. Given the state of their relationship, he could have asked to stay. But he wants to surprise her, and leaves her, in the evening, promising to return for lunch the next day. We soon learn the reason why. 'Moi qui goûtais d'avance l'effroi de Marthe quand j'entrerais dans sa chambre ...' (p. 36).

The immediate parallels that present themselves come from Laclos and Stendhal; Valmont, provided like our hero with a key, surprising Cécile; Julien Sorel surprising Madame de Rênal. The hero is creating a dramatic situation, where none is needed.

That the performance is self-conscious is shown when he finds himself forced to take a basket of provisions with him. He had seen himself as the dashing lover; he is so worried by appearances that he sees his role becoming ridiculous:

> ... je pensais maintenant à ses éclats de rire en voyant paraître ce prince Charmant, un panier de ménagère à son bras. (p. 36)

The ludicrous, clumsy performance by which he actually gets out of his parents' house is the first part of the puncturing of the romantic picture. The hiding of the basket despite the sentry, dramatic as is the language in which it is described ('J'hésitai longtemps, plus pâle qu'un homme qui pose une cartouche de dynamite' (p. 37)), stresses further the discrepancy between the hero's imagination and banal reality. Finally, without his shoes, he makes his way to Marthe's room, imagining the dramatic scene which will greet him:

> Marthe était si nerveuse! Peut-être s'évanouirait-elle en me voyant dans sa chambre. (p. 37)

Marthe's reaction is simple and straightforward. At first she thinks it is Jacques. Then, when she realizes it is the hero, she worries about the fact that he is wet, and looks after him in a maternal manner.

> Elle courut ranimer le feu dans le salon ... Marthe
> repartait, revenait, repartait dans la cuisine, pour voir si
> l'eau de mon grog était chaude ... Elle me gronda ...
> (p. 38)

The fact that this does in fact become their first night of love
adds to the irony. The hero had not needed the dramatic
gesture, the romantic scene. As had already been clear from
the previous chapter, it was Marthe who had been longing to
consummate their love, and the hero who had been too timid
to do so.

The hero's reading is supplemented by the influence of his
contemporaries, and of the world of adolescence. Just as,
when he was very young, it had been his 'confrères' who
taught him 'à profiter de ces journées libres où l'on me jetait
dans les bras d'une petite fille' (p. 12), so, later on, he is still
affected by schoolboy presumptions as to what the conventions of a love affair were. When Marthe writes to him to
complain about the Svéa episode, for example, he wishes that
she conformed more to these conventions:

> Mais il me vexait que, dans une lettre de rupture, Marthe
> ne me parlât pas de suicide. Je l'accusai de froideur. Je
> trouvai sa lettre indigne d'une explication. Car moi, dans
> une situation analogue, sans penser au suicide, j'aurais
> cru, par convenance, en devoir menacer Marthe. Trace
> indélébile de l'âge et du collège: je croyais certains
> mensonges commandés par le code passionnel. (p. 75)

The best example of the influence of others upon the hero is
the case of René. When they first get to know each other, their
influence upon each other appears to be mutual, their attitudes
those of adolescent desire to appear 'libertins'. Like the young
Adolphe, 'nous seuls, nous trouvions dignes des femmes'
(p. 13). Later, the hero is to find Marthe 'du moins comme le
seul amour qui eût été digne de moi' (p. 28).

When the hero is with Marthe, at the height of their affair,
such attitudes in fact, as we shall see, disappear. When he is
not with her, the 'libertin' act reappears (as in the Svéa
episode). Perhaps the most significant of these moments is
when, during Jacques's leave, when he cannot see Marthe, the

hero meets René once more. His openness to influence is obvious, not only in what the narrator tells us explicitly, but in certain less obvious aspects of the hero's subsequent attitudes.

René's attitude is clear. For him 'l'amour, dans l'amour, semblait un bagage encombrant' (p. 50). He makes fun of the hero's passion for Marthe. The hero, despite his love, cannot bear to appear ridiculous in anyone's eyes, so 'je lui dis lâchement que je n'avais pas de véritable amour' (p. 50). René now admires him.

This appears a straightforward, minor incident. No explicit suggestion is made that René had any further influence. The hero's attitudes, for the rest of the chapter, are however clearly influenced by René's cynicism.

'Je commençais à m'endormir sur l'amour de Marthe', writes the narrator (p. 50). What he had pretended, for René's benefit, now appears to be coming true. He talks with cynicism of the importance of sex, comparing it with other habits or diversions.

> Ce qui me tourmentait le plus, c'était le jeûne infligé à mes sens. Mon énervement était celui d'un pianiste sans piano, d'un fumeur sans cigarettes. (p. 50)

Such a comment would be, we feel, more typical of René, 'pour qui l'amour, dans l'amour...'.

The strange adventure set off by René, in which the hero is to test the virtue of the woman 'qu'il croyait aimer sans amour', is described in similar vein. The hero (and the narrator) appear for a while to have taken on René's attitudes. The woman is described as 'ce gracieux animal'; as such, she is described as 'il'. (Though grammatically correct, this nevertheless appears to de-personalize the woman, and make her an object.) The hero's lack of pleasure at making love to her might be taken to reinforce our view both that he is in love with Marthe, and that he does not in fact share René's cynical attitudes; but it is described in equally cynical terms, and a far more banal and sordid explanation is given: 'J'étais comme le fumeur habitué à une seule marque' (p. 51).

Naturally, as usual, the hero's performance does not match the attitudes he is purporting to hold. He is timid, and embarrassed; but he is spurred on by this very timidity, 'qui empêche certaines choses et oblige à d'autres' (p. 51).

It seems, at times, as though the dramatic situations that can be imagined, in relation to his love, are more important to the hero than is the love itself. He sees Jacques as 'le mari' of theatrical convention, for example (p. 49). What is important, above all, is the figure that he cuts. For this reason a dramatic situation often seems preferable to an undramatic one, even if the former were to spell disaster to their love.

So it is that he wishes that Marthe would threaten suicide (p. 75); bites Marthe 'pour que sa mère la soupçonnât d'avoir un amant' (p. 33); fears, yet hopes, an 'explication entre Jacques et Marthe' (p. 49); kisses her wildly on the station, so that, if her parents-in-law turned up, 'il se produirait un drame décisif' (p. 69); hopes that his father will write to Mme Grangier, so that Jacques will know what has happened:

> Du reste, l'un et l'autre avaient intérêt à ce qu'un orage n'éclatât point. Et j'étouffais. J'appelais cet orage. (p. 87)

For he quite clearly is not interested in playing out certain scenes merely for his own benefit, as in the Svéa episode. He is also perpetually aware of audiences who must witness his dashing performance. We are prepared for this by the classroom scene in the first section of the novel, where he is 'flatté' by the master calling him 'Don Juan' (significantly, his pleasure is added to by the fact 'qu'il me citât le nom d'une œuvre que je connaissais et que ne connaissaient pas mes camarades' (p. 4). The desired literary parallels are already there), and where he tells all to his father, knowing that he will not be angry, and 'ravi qu'il connût ma prouesse' (p. 5). At the height of his affair with Marthe, he sees his shunning by his contemporaries (by their parents' orders) as 'un hommage' (p. 47), he is 'fanfaron pour que mes parents apprissent que j'avais une maîtresse' (p. 50), even though he regrets it later.

Small wonder, then, that this concern for the opinion of others leads to a fear of ridicule. The theme recurs throughout the novel. It even leads to a desire for danger, at one point:

> ... Nous entendîmes la sonnette. Je pensai à Jacques: 'pourvu qu'il ait une arme'. Moi qui avais si peur de la

mort, je ne tremblais pas. Au contraire, j'aurais accepté que ce fût Jacques, à condition qu'il nous tuât. Toute autre solution me semblait ridicule. (p. 41)

The combination of a desire to shine, and a fear of ridicule, produces many of the unhappinesses which the hero inflicts upon Marthe. She, who worries about the opinion of others, is not saved from tittle-tattle; on the one hand, the hero is pleased by gossip; on the other, even when he sees the probability that the milkman will spread rumours about them, and when he does not know how to set about buying his silence, what tortures him more than the fact that 'Marthe était perdue' is the sense of 'mon ridicule' (p. 48). The scene in Paris, towards the end of the book, brings all this to a head. They drag themselves from hotel to hotel because of his fear of appearing ridiculous; Marthe is in a terrible state, but he is ashamed of her pregnant appearance.

Je croyais la grossesse de Marthe ridicule, et je marchais les yeux baissés. J'étais bien loin de l'orgueil paternel. (p. 90)

The self-consciousness of the hero, above all, prevents him from enjoying any situation spontaneously. On the first night with Marthe, he is full of timidity. His imagination, too, has filled him with such promise of 'de telles voluptés' that he cannot enjoy himself. Added to this, he is afraid that his lovemaking will be like that of 'le mari', and give Marthe 'un mauvais souvenir de nos premiers moments d'amour' (p. 39). Compared with Marthe, therefore, he does not enjoy their lovemaking. And when it becomes clear that Marthe *has*, and that his fears have been groundless, new fears emerge. The hero is incapable of simple happiness.

All these characteristics of the hero are of importance to the reader as he attempts to unravel the true nature of the love affair, and any general truths about love which the author may be trying to convey.

LOVE

Critical opinion has been almost unanimous in ascribing to *Le Diable au corps* a cynical and anti-Romantic view of love. Many aspects of the novel appear to support this view. Yet the picture is far more complex. To a great extent this complexity is caused by factors we have already examined: the fallibility of the narrator and the perpetual role-playing of the hero. What eventually emerges from the novel is an uncertainty about the nature of love; the narrator, and the novelist, reveal themselves in this way as typical of the rest of mankind. Gone is the nineteenth-century presumption of the novelist as holding a privileged view of the mysteries of human behaviour.

Before we examine this question more closely, we should perhaps look at two themes which appear to dominate the work, but which are in fact secondary to more universal matters relating to the protagonists' love: the themes of youth and war. (We have already seen the shock that these themes caused when the novel first came out.)

The narrator, admittedly, stresses both themes from the very beginning of the novel, as part of his general self-exculpation for his behaviour. The image of the cat and the cheese underlies the theme of the war (as well as the more general theme of sensuality), as do the author's comments in relation to the section on 'phénomènes avant-coureurs' (pp. 8–11). The description of events at school and at home emphasizes the hero's childishness.

By the time of the main events of the novel, the hero is of course considerably older, though he is still an adolescent of fifteen or sixteen. Many of his reactions do, indeed, reflect his youth, and attention is continually drawn to this. He is shown as inexperienced, timid, selfish, self-conscious, mendacious, concerned with appearances, uncertain about his true feelings, and often heartless. Many of these characteristics are ascribed to his age; and, through the many references to his father's attitudes to him, some of them are indirectly ascribed to the effect of his upbringing.

At the same time, however, the narrator is giving us general comments relating to human love, and human behaviour in general. The hero's youth is, in one sense, a specific characteristic of this novel which singles it out from others, adds a certain spice, creates a particular atmosphere, and affects certain contingent incidents (and attitudes); it does not, however, seriously affect the central treatment of love, which has a far more general significance. What underlines this is the fact that most of the hero's characteristics which were listed above are not merely the characteristics of youth; and the childhood influences of parental upbringing remain with many human beings throughout their life. Many of the characteristics of the hero are shared by young, but adult, heroes of other psychological novels; timidity, selfishness, uncertainty, apparent heartlessness, changeability, role-playing, etc., are all part of the stock-in-trade of the nineteenth-century anti-Romantic hero, from Adolphe, through Julien Sorel, to Frédéric Moreau.

The theme of war is similarly secondary. It provides a reason for the absence of the husband, but the same situation could have been brought about if, for example, the husband had been a merchant seaman. It ostensibly provides a reason for the hero's comparative freedom; but, given his father's character, the social milieu, and the distance of school, such freedom might just as easily have been forthcoming for other reasons.

A prime example of the ambiguous treatment of the love theme is to be found in the growth of their love (pp. 14–35). To what extent do they immediately feel something more than mere attraction to each other? As far as the hero is concerned, we see him at their first meeting being charmed by Marthe, flattering her, showing off to her; he is proud to be 'préféré à la campagne' (p. 16), to be taken notice of by someone older than himself; he believes that 'il s'était passé des choses graves', and that he has 'déclaré mon amour' (p. 17). The word 'love' is further stressed in the next section: 'Ressentant de l'amour pour Marthe, j'en ôtais à René, à mes parents, à mes sœurs' (p. 19). The statement is categorical; the narrator does not throw doubt on the word 'amour', nor does he attempt to define it. On the other hand, later in the novel he looks back on this period with the following words:

Il y a quelques mois, quand je rencontrais Marthe, mon prétendu amour ne m'empêchait pas de la juger ... (p. 30)

He now knows his 'véritables sentiments', and 'je commençais à respecter Marthe, parce que je commençais à l'aimer' (p. 30). So, months later, he is *beginning* to love her. On the other hand, only a short while before this, we have had the phrase:

Si je ne croyais plus aimer Marthe, je la considérais du moins comme le seul amour qui eût été digne de moi. C'est dire que je l'aimais encore. (p. 28)

In other words, he *still* loves her (implying that he did so in the past). Almost immediately, however, the narrator tells us that 'maintenant que j'étais sûr de ne plus l'aimer je *commençais* à l'aimer' (p. 29). There is a simple explanation, of course; that the original calf-love was not *real* love, such as is now being experienced. But the narrator's statements, at the time, gave no hint of this, even if, implicitly, the reader could assess something of it. To what extent, therefore, are the narrator's *new* categorical statements about 'véritables sentiments' equally suspect? Above all, what does the narrator mean by 'amour'? This doubt is central to the more serious discussion on the nature of love which accompanies the later events in the novel.

In this discussion the hero's love is shown to be inspired by a very complex series of emotions, and to produce an equally complex series of effects on his behaviour. There are great elements of selfishness, of cruelty, involved; the hero veers between timidity and despotism. Even the 'Romantic' elements of 'love at first sight', etc., are cast into doubt, because of the capacity the lovers have for lying to each other, and for self-dramatization. The lucid attempt at self-examination which the narrator undertakes appears to reduce their love to a series of selfish reactions on his part. One would be forgiven for thinking that the view of love, in general, that was contained therein was entirely cynical.

Some of the general comments made by the narrator add to this impression: 'l'amour, qui est l'égoïsme à deux, sacrifie tout à soi, et vit de mensonges' (p. 43); 'Croire à une femme "au moment où elle ne peut mentir", c'est croire à la fausse générosité d'un avare' (p. 45); 'Tout amour comporte sa jeunesse, son âge mûr, sa vieillesse. Étais-je à ce dernier stade où déjà l'amour ne me satisfaisait plus sans certaines recherches?' (p. 59).

If these maxims, or *sententiae*, were intended to be taken as true, in the same way as the *sententiae* in, for example, *La Princesse de Clèves*, all would be simple. The narrator's lucidity, however, tends to be, as we have seen, misleading. All we need to do is to compare these *sententiae* with others, and, even more significantly, to compare them with the actual experience of the lovers, in order to see that, while they may contain elements of the truth, their very neatness militates against them expressing the whole truth.

Compare the maxims above, for example, with statements such as this: 'Lorsqu'un amour est notre vie, quelle différence y a-t-il entre vivre ensemble et mourir ensemble?' (p. 42). Note, also, that some time after the statement about the three stages of love, in which the narrator suggests the hero had reached the last, we find him enjoying his 'seule époque de vrai bonheur. Je ne trichais, ni ne me blessais, ni ne blessais Marthe. Je ne voyais plus d'obstacles' (p. 78). Even this is, of course, shown to be a merely passing phase. The obstacles return. But the impression given, by the end of the book, is that despite all the 'mesquin' details of his behaviour, the hero is as much in love as ever. No general statement can convey the complexities involved, or the reality of that love, which becomes ever clearer to the reader without need of generalized commentary by the narrator.

Strangely, part of this concern for lucid simplification of the complex can be traced to the character which the author has built up for the narrator–hero. His pride in his literary knowledge comes out not only in the hero's references to Baudelaire, Verlaine, Rimbaud; it colours the narrator's comments, too:

> Elle était comme ces poètes qui savent que la vraie poésie est chose "maudite", mais qui, malgré leur certitude, souffrent parfois de ne pas obtenir les suffrages qu'ils méprisent. (p. 55)

Similarly, it can lead the narrator to take a well-known *sententia*, and develop it in a paradoxical manner. 'L'instinct est notre guide; un guide qui nous conduit à notre perte' (p. 66). 'Il faut admettre que si le cœur a ses raisons que la raison ne connaît pas, c'est que celle-ci est moins raisonnable que notre cœur' (p. 64).

In the same way, just as the hero imagines himself into situations typical of the reading he has done, so the narrator appears to take on the cynical attitudes of the authors he has read, from La Rochefoucauld ('Celui qui aime agace toujours celui qui n'aime pas' (p. 34)), through Constant ('Je la considérais ... comme le seul amour qui eût été digne de moi' (p. 28)), and Stendhal ('La saveur du premier baiser m'avait déçu comme un fruit que l'on goûte pour la première fois' (p. 32)), to Proust ('Tout amour comporte sa jeunesse, son âge mûr, sa vieillesse' (p. 59)).

This last, Proustian, attitude is a good example of the narrator's over-simplifications. The reality is quite different. The touching end of the novel belies this interpretation of love. Not only this, but the nature of their love up to this time appears to have a quite different pattern. 'Libertinage', by which the hero's 'volupté ... s'avivait', for example, is here described as a symptom of the 'vieillesse' stage of love which has now been reached (p. 59). Yet it has been clear from the start (despite statements about the pleasures to be found in 'l'habitude' as opposed to 'la nouveauté') that the hero's sensuality, the quality most stressed at the beginning of the book, requires certain excitements, and new sensations, at all stages. There are no neat patterns in the hero's actual experiences, and the narrator's attempts to schematize the development of his love ignore the contradictory elements which can exist alongside each other, in real life.

All this is not to deny that the hero's love contains all, or most, of the qualities described by the narrator. What is lacking, in the narrator's definitions, are the nuances, the ambiguities, which we, as readers, perceive in the rest of the novel, and which have been provided for us by the author. The hero's love is not susceptible to neat patterns. Nor are any human emotions. It is Radiguet's achievement to have given us, beneath an apparently lucid attempt at self-examination, an example of the futility of any such human endeavour. The depiction of love, in *Le Diable au corps*, succeeds in being extremely moving, particularly at the end of the novel, because of the reader's realization that the narrator's general view of love, in its earlier cynicism, was as unreal as the various roles which the hero believes a lover has to play.

BIBLIOGRAPHY

FRENCH EDITIONS OF *LE DIABLE AU CORPS*

Paris: Bernard Grasset 1923 (Collection 'Le Roman').
Paris: Flammarion 1925 (Le Roman d'aujoud'hui, no. 34).
Paris: M. Seheur 1926 (Original lithographs by Maurice de Vlaminck).
Liège: L'Amitié par le livre 1947.
Paris: Éditions de l'Odéon 1948.
Lausanne, Paris, New York, Brussels: La Guilde du Livre (no. 118), 1948.
Paris: Collection pourpre (Hachette), 1951.
Paris: Livre de poche, n.d.
Paris: Gallimard (Folio), 1982, Preface by André Berne Joffroy.

ŒUVRES COMPLETES

Paris: Bernard Grasset 1952.
Paris: Club des Libraires de France 1959 (2 vols), établie par Simone Lamblin. References in the Introduction and notes are to this edition.

PREPARATORY STUDIES FOR *LE DIABLE AU CORPS*

'La première version du *Diable au corps*', originally printed in Nadia Odouard, *Les Années folles de Raymond Radiguet* (Paris: Seghers 1973), pp. 237–40 (reprinted in our Appendix to this volume).   .
'Svéa', in *Les Feuilles libres*, no. 25, February 1922.

RADIGUET'S OTHER MAIN WORKS

Les Joues en feu, collection of poems (four illustrations by Jean Hugo). Paris: Bernouard 1920.

Devoirs de vacances, collection of poems (three illustrations by Irène Lagut). Paris: La Sirène 1921.

Les Pélican, pièce en deux actes (seven illustrations by Henri Laurens). Paris: Éditions de la Galerie Simon 1921.

Le Bal du Comte d'Orgel, novel, with preface by Jean Cocteau. Paris: Grasset 1924.

Les Joues en feu, 2^c. serie, édition définitive (with portrait by Picasso and a poem by Max Jacob). Paris: Grasset 1925.

Deux Carnets (facsimile of manuscript, presented by Jean Cocteau). Paris: Champion 1925.

Denise, conte (four illustrations by Juan Gris). Paris: Éditions de la Galerie Simon 1926.

Règle du jeu (preface by Jean Cocteau). Monaco: Éditions du Rocher 1956.

Gli inediti (bilingual Franco–Italian edition of a short story called 'La Ville au Lac d'Argent', the libretto of the opera 'Paul et Virginie', written in collaboration with Cocteau, and a number of poems and letters. Edited by Liliana Garuti Delli Ponti. Preface by Luigi de Nardis). Parma: Ugo Guanda 1967.

CRITICAL WORKS, ETC.

Boillat, Gabriel, *Un maître de 17 ans: Raymond Radiguet* (Neuchatel: Éditions de la Baconnière 1973).

Borgal, Clément, *Radiguet* (Paris: Éditions universitaires 1969).

Cocteau, Jean, *La Difficulté d'être* (Paris: Morihien 1947).
Lettre à Jacques Maritain (Paris: Stock 1926).
Le Rappel à l'Ordre (Paris: Stock 1924).

Crosland, Margaret, *Raymond Radiguet* (London: Peter Owen 1976).

Goesch, Keith, *Radiguet* (Paris–Geneva: La Palatine 1955).

Magny, Claude-Edmonde, *Histoire du roman français depuis 1918* (Paris: Seuil 1950).

Major, Jean-Louis, *Radiguet, Cocteau, 'Les Joues en feu'* (Ottawa 1977).

Massis, Henri, *Raymond Radiguet* (Paris: Cahiers libres 1927).

Mauriac, François, *Le Roman* (Paris: l'Artisan du livre 1928). *Mes grands hommes* (Monaco: Éditions du Rocher 1949).

Noakes, David, *Raymond Radiguet* (Paris: Seghers, Poètes d'aujourd'hui 1952).

Odouard, Nadia, *Les Années folles de Raymond Radiguet* (Paris: Seghers 1973).

Sachs, Maurice, *Au temps du Boeuf sur le toit* (Paris: Éditions de la Nouvelle Revue Critique 1948).

Steegmuller, Francis, *Cocteau: A Biography* (London: Macmillan 1970).

When this edition was at the proof stage, the editor became aware of a further book on Radiguet which had appeared during the period of its preparation: Maria Cecilia Bertoletti's *Le Diable au corps de Raymond Radiguet: Structures narratives spatio-temporelles* (Pubblicazioni della Facoltà di Lettere e Filosofia dell'Università di Pavia, 25), Florence, 1981. In chapter 2, 'la perspective narrative', some of the preoccupations of the present edition are touched on (including, naturally enough, the relationship between narrator and hero); but the conclusions reached are completely different, and the general treatment accorded to the novel is, as might be presumed from the title, basically structuralist.

LE DIABLE AU CORPS

Je vais encourir bien des reproches. Mais qu'y puis-je? Est-ce ma faute si j'eus douze ans quelques mois avant la déclaration de la guerre?[1] Sans doute, les troubles qui me vinrent de cette période extraordinaire furent d'une sorte qu'on n'éprouve jamais à cet âge; mais comme il n'existe rien d'assez fort pour nous vieillir malgré les apparences, c'est en enfant que je devais me conduire dans une aventure où déjà un homme eût éprouvé de l'embarras. Je ne suis pas le seul. Et mes camarades garderont de cette époque un souvenir qui n'est pas celui de leurs aînés. Que ceux déjà qui m'en veulent se représentent ce que fut la guerre pour tant de très jeunes garçons: quatre ans de grandes vacances.

Nous habitions à F..., au bord de la Marne.

Mes parents condamnaient plutôt la camaraderie mixte. La sensualité, qui naît avec nous et se manifeste encore aveugle, y gagna au lieu d'y perdre.

Je n'ai jamais été un rêveur. Ce qui semble rêve aux autres, plus crédules, me paraissait à moi aussi réel que le fromage au chat, malgré la cloche de verre. Pourtant la cloche existe.

La cloche se cassant, le chat en profite, même si ce sont ses maîtres qui la cassent et s'y coupent les mains.

Jusqu'à douze ans, je ne me vois aucune amourette, sauf pour une petite fille, nommée Carmen, à qui je fis tenir, par un gamin plus jeune que moi, une lettre dans laquelle je lui exprimais mon amour. Je m'autorisais de cet amour pour solliciter un rendez-vous. Ma lettre lui avait été remise le matin avant qu'elle se rendît en classe. J'avais distingué la seule fillette qui me ressemblât, parce qu'elle était propre, et allait à l'école accompagnée d'une petite sœur, comme moi de mon petit frère. Afin que ces deux témoins se tussent, j'imaginai de les marier, en quelque sorte. A ma lettre, j'en joignis donc une de la part de mon frère, qui ne savait pas écrire, pour Mlle Fauvette. J'expliquai à mon frère mon entremise, et notre chance de tomber juste sur deux sœurs de nos âges et douées de noms de baptême aussi exceptionnels. J'eus la tristesse de voir que je ne m'étais pas mépris sur le bon genre de Carmen, lorsque après avoir déjeuné, avec mes parents qui me gâtaient et ne me grondaient jamais, je rentrai en classe.

A peine mes camarades à leurs pupitres — moi en haut de la classe, accroupi pour prendre dans un placard, en ma qualité de premier, les volumes de la lecture à haute voix —, le directeur entra. Les élèves se levèrent. Il tenait une lettre à la main. Mes jambes fléchirent, les volumes tombèrent, et je les ramassai, tandis que le directeur s'entretenait avec le maître. Déjà, les élèves des premiers bancs se tournaient vers moi, écarlate, au fond de la classe, car ils entendaient chuchoter mon nom. Enfin le directeur m'appela, et pour me punir finement, tout en n'éveillant, croyait-il, aucune mauvaise idée chez les élèves, me félicita d'avoir écrit une lettre de douze lignes sans aucune faute. Il me demanda si je l'avais bien écrite seul, puis il me pria de le suivre dans son bureau. Nous n'y allâmes point. Il me morigéna dans la cour, sous l'averse. Ce qui troubla fort mes notions de morale, fut qu'il considérait comme aussi grave d'avoir compromis la jeune fille (dont les parents lui avaient communiqué ma déclaration), que d'avoir dérobé une feuille de papier à lettres. Il me menaça d'envoyer cette feuille chez moi. Je le suppliai de n'en rien faire. Il céda, mais me dit qu'il conservait la lettre, et qu'à la première récidive il ne pourrait plus cacher ma mauvaise conduite.

Ce mélange d'effronterie et de timidité déroutait les miens et les trompait, comme, à l'école, ma facilité, véritable paresse, me faisait prendre pour un bon élève.

Je rentrai en classe. Le professeur, ironique, m'appela Don Juan. J'en fus extrêmement flatté, surtout de ce qu'il me citât le nom d'une œuvre que je connaissais et que ne connaissaient pas mes camarades. Son "Bonjour, Don Juan" et mon sourire entendu transformèrent la classe à mon égard. Peut-être avait-elle déjà su que j'avais chargé un enfant des petites classes de porter une lettre à une "fille", comme disent les écoliers dans leur dur langage. Cet enfant s'appelait Messager; je ne l'avais

4

pas élu d'après son nom, mais, quand même, ce nom m'avait inspiré confiance.

A une heure, j'avais supplié le directeur de ne rien dire à mon père; à quatre, je brûlais de lui raconter tout. Rien ne m'y obligeait. Je mettrais cet aveu sur le compte de la franchise. Sachant que mon père ne se fâcherait pas, j'étais, somme toute, ravi qu'il connût ma prouesse.

J'avouai donc, ajoutant avec orgueil que le directeur m'avait promis une discrétion absolue (comme à une grande personne). Mon père voulait savoir si je n'avais pas forgé de toutes pièces ce roman d'amour. Il vint chez le directeur. Au cours de cette visite, il parla incidemment de ce qu'il croyait être une farce. — Quoi? dit alors le directeur surpris et très ennuyé; il vous a raconté cela? Il m'avait supplié de me taire, disant que vous le tueriez.

Ce mensonge du directeur l'excusait; il contribua encore à mon ivresse d'homme. J'y gagnai séance tenante l'estime de mes camarades et des clignements d'yeux du maître. Le directeur cachait sa rancune. Le malheureux ignorait ce que je savais déjà: mon père, choqué par sa conduite, avait décidé de me laisser finir mon année scolaire, et de me reprendre. Nous étions alors au commencement de juin. Ma mère ne voulant pas que cela influât sur mes prix, mes couronnes, se réservait de dire la chose après la distribution. Ce jour venu, grâce à une injustice du directeur qui craignait confusément les suites de son mensonge, seul de la classe, je reçus la couronne d'or que méritait aussi le prix d'excellence. Mauvais calcul: l'école y perdit ses deux meilleurs élèves, car le père du prix d'excellence retira son fils.

Des élèves comme nous servaient d'appeaux pour en attirer d'autres.

Ma mère me jugeait trop jeune pour aller à Henri-IV.[2] Dans son esprit, cela voulait dire: pour prendre le train. Je restai deux ans à la maison et travaillai seul.

Je me promettais des joies sans borne, car, réussissant à faire en quatre heures le travail que ne fournissaient pas en deux jours mes anciens condisciples, j'étais libre plus de la moitié du jour. Je me promenais seul au bord de la Marne qui était tellement notre rivière que mes sœurs disaient, en parlant de la

Seine, "une Marne". J'allais même dans le bateau de mon père, malgré sa défense; mais je ne ramais pas, et sans m'avouer que ma peur n'était pas celle de lui désobéir, mais la peur tout court. Je lisais, couché dans ce bateau. En 1913 et 1914, deux cents livres y passent. Point ce que l'on nomme de mauvais livres, mais plutôt les meilleurs, sinon pour l'esprit, du moins pour le mérite. Aussi, bien plus tard, à l'âge où l'adolescence méprise les livres de la Bibliothèque rose,[3] je pris goût à leur charme enfantin, alors qu'à cette époque je ne les aurais voulu lire pour rien au monde.

Le désavantage de ces récréations alternant avec le travail était de transformer pour moi toute l'année en fausses vacances. Ainsi, mon travail de chaque jour était-il peu de chose, mais, comme, travaillant moins de temps que les autres, je travaillais en plus pendant leurs vacances, ce peu de chose était le bouchon de liège qu'un chat garde toute sa vie au bout de la queue, alors qu'il préférerait sans doute un mois de casserole.

Les vraies vacances approchaient, et je m'en occupais fort peu puisque c'était pour moi le même régime. Le chat regardait toujours le fromage sous la cloche. Mais vint la guerre. Elle brisa la cloche. Les maîtres eurent d'autres chats à fouetter et le chat se réjouit.

A vrai dire, chacun se réjouissait en France. Les enfants, leurs livres de prix sous le bras, se pressaient devant les affiches. Les mauvais élèves profitaient du désarroi des familles.

Nous allions chaque jour, après dîner, à la gare de J..., à deux kilomètres de chez nous, voir passer les trains militaires. Nous emportions des camapanules et nous les lancions aux soldats. Des dames en blouse versaient du vin rouge dans les bidons et en répandaient des litres sur le quai jonché de fleurs. Tout cet ensemble me laisse un souvenir de feu d'artifice. Et jamais tant de vin gaspillé, de fleurs mortes. Il fallut pavoiser les fenêtres de notre maison.

Bientôt, nous n'allâmes plus à J... Mes frères et mes sœurs commençaient d'en vouloir à la guerre, ils la trouvaient longue. Elle leur supprimait le bord de la mer. Habitués à se lever tard, il leur fallait acheter les journaux à six heures. Pauvre distraction! Mais vers le vingt août, ces jeunes

6

monstres reprennent espoir. Au lieu de quitter la table où les grandes personnes s'attardent, ils y restent pour entendre mon père parler de départ. Sans doute n'y aurait-il plus de moyens de transport. Il faudrait voyager très loin à bicyclette. Mes frères plaisantent ma petite sœur. Les roues de sa bicyclette ont à peine quarante centimètres de diamètre: "On te laissera seule sur la route". Ma sœur sanglote. Mais quel entrain pour astiquer les machines! Plus de paresse. Ils proposent de réparer la mienne. Ils se lèvent dès l'aube pour connaître les nouvelles. Tandis que chacun s'étonne, je découvre enfin les mobiles de ce patriotisme: un voyage à bicyclette! jusqu'à la mer! et une mer plus loin, plus jolie que d'habitude. Ils eussent brûlé Paris pour partir plus vite. Ce qui terrifiait l'Europe était devenu leur unique espoir.

L'égoïsme des enfants est-il si différent du nôtre? L'été, à la campagne, nous maudissons la pluie qui tombe, et les cultivateurs la réclament.

Il est rare qu'un cataclysme se produise sans phénomènes avant-coureurs. L'attentat autrichien,[4] l'orage du procès Caillaux[5] répandaient une atmosphère irrespirable, propice à l'extravagance. Aussi mon vrai souvenir de guerre précède la guerre.

Voici comment:

Nous nous moquions, mes frères et moi, d'un de nos voisins, bonhomme grotesque, nain à barbiche blanche et à capuchon, conseiller municipal, nommé Maréchaud. Tout le monde l'appelait le père Maréchaud. Bien que porte à porte, nous nous défendions de le saluer, ce dont il enrageait si fort, qu'un jour, n'y tenant plus, il nous aborda sur la route et nous dit: "Eh bien! on ne salue pas un conseiller municipal?" Nous nous sauvâmes. A partir de cette impertinence, les hostilités furent déclarées. Mais que pouvait contre nous un conseiller municipal? En revenant de l'école, et en y allant, mes frères tiraient sa sonnette, avec d'autant plus d'audace que le chien, qui pouvait avoir mon âge, n'était pas à craindre.

La veille du 14 juillet 1914,[6] en allant à la rencontre de mes frères, quelle ne fut pas ma surprise de voir un attroupement devant la grille des Maréchaud. Quelques tilleuls élagués cachaient mal leur villa au fond du jardin. Depuis deux heures de l'après-midi, leur jeune bonne étant devenue folle se réfugiait sur le toit et refusait de descendre. Déjà les Maréchaud, épouvantés par le scandale, avaient clos leurs volets, si bien que le tragique de cette folle sur un toit s'augmentait de ce que la maison parût abandonnée. Des gens criaient, s'indignaient que ses maîtres ne fissent rien pour sauver cette malheureuse. Elle titubait sur les tuiles, sans, d'ailleurs, avoir l'air d'une ivrogne. J'eusse voulu pouvoir rester là toujours, mais notre bonne, envoyée par ma mère, vint nous rappeler au travail. Sans cela, je serais privé de fête. Je partis la mort dans l'âme, et

8

priant Dieu que la bonne fût encore sur le toit, lorsque j'irais chercher mon père à la gare.

Elle était à son poste, mais les rares passants revenaient de Paris, se dépêchaient pour rentrer dîner, et ne pas manquer le bal. Ils ne lui accordaient qu'une minute distraite.

Du reste, jusqu'ici, pour la bonne, il ne s'agissait encore que de répétition plus ou moins publique. Elle devait débuter le soir, selon l'usage, les girandoles lumineuses lui formant une véritable rampe. Il y avait à la fois celles de l'avenue et celles du jardin, car les Maréchaud, malgré leur absence feinte, n'avaient osé se dispenser d'illuminer, comme notables. Au fantastique de cette maison du crime, sur le toit de laquelle se promenait, comme sur un pont de navire pavoisé, une femme aux cheveux flottants, contribuait beaucoup la voix de cette femme: inhumaine, gutturale, d'une douceur qui donnait la chair de poule.

Les pompiers d'une petite commune étant des "volontaires", ils s'occupent tout le jour d'autre chose que de pompes. C'est le laitier, le pâtissier, le serrurier, qui, leur travail fini, viendront éteindre l'incendie, s'il ne s'est pas éteint de lui-même. Dès la mobilisation, nos pompiers formèrent en outre une sorte de milice mystérieuse faisant des patrouilles, des manœuvres et des rondes de nuit. Ces braves arrivèrent enfin et fendirent la foule.

Une femme s'avança. C'était l'épouse d'un conseiller municipal, adversaire de Maréchaud, et qui, depuis quelques minutes, s'apitoyait bruyamment sur la folle. Elle fit des recommandations au capitaine: "Essayez de la prendre par la douceur; elle en est tellement privée, la pauvre petite, dans cette maison où on la bat. Surtout, si c'est la crainte d'être renvoyée, de se trouver sans place, qui la fait agir, dites-lui que je la prendrai chez moi. Je lui doublerai ses gages."

Cette charité bruyante produisit un effet médiocre sur la foule. La dame l'ennuyait. On ne pensait qu'à la capture. Les pompiers, au nombre de six, escaladèrent la grille, cernèrent la maison, grimpant de tous les côtés. Mais à peine l'un d'eux apparut-il sur le toit, que la foule, comme les enfants à Guignol,[7] se mit à vociférer, à prévenir la victime.

— Taisez-vous donc! criait la dame, ce qui excitait les "En voilà un! En voilà un!" du public. A ces cris, la folle, s'armant de tuiles, en envoya une sur le casque du pompier parvenu au faîte. Les cinq autres redescendirent aussitôt.

Tandis que les tirs, les manèges, les baraques, place de la Mairie, se lamentaient de voir si peu de clientèle, une nuit où la recette devait être fructueuse, les plus hardis voyous escaladaient les murs et se pressaient sur la pelouse pour suivre la chasse. La folle disait des choses que j'ai oubliées, avec cette profonde mélancolie résignée que donne aux voix la certitude qu'on a raison, que tout le monde se trompe. Les voyous, qui préféraient ce spectacle à la foire, voulaient cependant combiner les plaisirs. Aussi, tremblants que la folle fût prise en leur absence, couraient-ils faire vite un tour de chevaux de bois. D'autres, plus sages, installés sur les branches des tilleuls, comme pour la revue de Vincennes,[8] se contentaient d'allumer des feux de Bengale,[9] des pétards.

On imagine l'angoisse du couple Maréchaud, chez soi, enfermé au milieu de ce bruit et de ces lueurs.

Le conseiller municipal, époux de la dame charitable, grimpé sur le petit mur de la grille, improvisait un discours sur la couardise des propriétaires. On l'applaudit.

Croyant que c'était elle qu'on applaudissait, la folle saluait, un paquet de tuiles sous chaque bras, car elle en jetait une chaque fois que miroitait un casque. De sa voix inhumaine, elle remerciait qu'on l'eût enfin comprise. Je pensai à quelque fille, capitaine corsaire, restant seule sur son bateau qui sombre.

La foule se dispersait, un peu lasse. J'avais voulu rester avec mon père, tandis que ma mère, pour assouvir ce besoin de mal au cœur qu'ont les enfants, conduisait les siens de manège en montagnes russes.[10] Certes, j'éprouvais cet étrange besoin plus vivement que mes frères. J'aimais que mon cœur batte vite et irrégulièrement. Ce spectacle, d'une poésie profonde, me satisfaisait davantage. "Comme tu es pâle", avait dit ma mère. Je trouvai le prétexte des feux de Bengale. Ils me donnaient, dis-je, une couleur verte.

— Je crains tout de même que cela l'impressionne trop, dit-elle à mon père.

— Oh, répondit-il, personne n'est plus insensible. Il peut regarder n'importe quoi, sauf un lapin qu'on écorche.

Mon père disait cela pour que je restasse. Mais il savait que ce spectacle me bouleversait. Je sentais qu'il le bouleversait

10

aussi. Je lui demandai de me prendre sur ses épaules pour mieux voir. En réalité, j'allais m'évanouir, mes jambes ne me portaient plus.

Maintenant on ne comptait qu'une vingtaine de personnes. Nous entendîmes les clairons. C'était la retraite aux flambeaux.

Cent torches éclairaient soudain la folle, comme, après la lumière douce des rampes, le magnésium éclate pour photographier une nouvelle étoile. Alors, agitant ses mains en signe d'adieu, et croyant à la fin du monde, ou simplement qu'on allait la prendre, elle se jeta du toit, brisa la marquise dans sa chute, avec un fracas épouvantable, pour venir s'aplatir sur les marches de pierre. Jusqu'ici j'avais essayé de supporter tout, bien que mes oreilles tintassent et que le cœur me manquât. Mais quand j'entendis des gens crier: "Elle vit encore", je tombai, sans connaissance, des épaules de mon père.

Revenu à moi, il m'entraîna au bord de la Marne. Nous y restâmes très tard, en silence, allongés dans l'herbe.

Au retour, je crus voir derrière la grille une silhouette blanche, le fantôme de la bonne! C'était le père Maréchaud en bonnet de coton, contemplant les dégâts, sa marquise, ses tuiles, ses pelouses, ses massifs, ses marches couvertes de sang, son prestige détruit.

Si j'insiste sur un tel épisode, c'est qu'il fait comprendre mieux que tout autre l'étrange période de la guerre, et combien, plus que le pittoresque, me frappait la poésie des choses.

Nous entendîmes le canon. On se battait près de Meaux.[11] On racontait que des uhlans[12] avaient été capturés près de Lagny,[13] à quinze kilomètres de chez nous. Tandis que ma tante parlait d'une amie, enfuie dès les premiers jours, après avoir enterré dans son jardin des pendules, des boîtes de sardines, je demandai à mon père le moyen d'emporter nos vieux livres; c'est ce qu'il me coûtait le plus de perdre.

Enfin, au moment où nous nous apprêtions à la fuite, les journaux nous apprirent que c'était inutile.[14]

Mes sœurs, maintenant, allaient à J... porter des paniers de poires aux blessés. Elles avaient découvert un dédommagement, médiocre il est vrai, à tous leurs beaux projets écroulés. Quand elles arrivaient à J..., les paniers étaient presque vides!

Je devais entrer au lycée Henri-IV; mais mon père préféra me garder encore un an à la campagne. Ma seule distraction de ce morne hiver fut de courir chez notre marchande de journaux, pour être sûr d'avoir un exemplaire du *Mot*,[15] journal qui me plaisait et paraissait le samedi. Ce jour-là, je n'étais jamais levé tard.

Mais le printemps arriva, qu'égayèrent mes premières incartades. Sous prétexte de quêtes, ce printemps, plusieurs fois, je me promenai, endimanché, une jeune personne à ma droite. Je tenais le tronc; elle, la corbeille d'insignes. Dès la seconde quête, des confrères m'apprirent à profiter de ces journées libres où l'on me jetait dans les bras d'une petite fille. Dès lors, nous nous empressions de recueillir, le matin, le plus d'argent possible, remettions à midi notre récolte à la dame patronnesse et allions toute la journée polissonner sur les coteaux de Chennevières. Pour la première fois, j'eus un ami. J'aimais à quêter avec sa sœur. Pour la première fois, je m'entendais avec un garçon aussi précoce que moi, admirant même sa beauté, son effronterie. Notre mépris commun pour ceux de notre âge nous rapprochait encore. Nous seuls, nous jugions capables de comprendre les choses; et, enfin, nous seuls, nous trouvions dignes des femmes. Nous nous croyions des hommes. Par chance, nous n'allions pas être séparés. René allait déjà au lycée Henri-IV, et je serais dans sa classe, en troisième.[16] Il ne devait pas apprendre le grec; il me fit cet extrême sacrifice de convaincre ses parents de le lui laisser apprendre. Ainsi, nous serions toujours ensemble. Comme il n'avait pas fait sa première année, c'était s'obliger à des répétitions particulières.[17] Les parents de René n'y comprirent rien, qui, l'année précédente, devant ses supplications, avaient consenti à ce qu'il n'étudiât pas le grec. Ils y virent l'effet de ma bonne influence, et, s'ils supportaient ses autres camarades, j'étais, du moins, le seul ami qu'ils approuvassent.

Pour la première fois, nul jour des vacances de cette année ne me fut pesant. Je connus donc que personne n'échappe à son âge, et que mon dangereux mépris s'était fondu comme glace dès que quelqu'un avait bien voulu prendre garde à moi, de la façon qui me convenait. Nos communes avances raccourcirent de moitié la route que l'orgueil de chacun de nous avait à faire.

Le jour de la rentrée des classes, René me fut un guide précieux.

Avec lui tout me devenait plaisir, et moi qui, seul, ne pouvais avancer d'un pas, j'aimais faire à pied, deux fois par jour, le trajet qui sépare Henri-IV de la gare de la Bastille, où nous prenions notre train.

Trois ans passèrent ainsi, sans autre amitié et sans autre espoir que les polissonneries du jeudi[18] — avec les petites filles que les parents de mon ami nous fournissaient innocemment, invitant ensemble à goûter les amis de leur fils et les amies de leur fille —, menues faveurs que nous dérobions, et qu'elles nous dérobaient, sous prétexte de jeux à gages.

La belle saison venue, mon père aimait à nous emmener, mes frères et moi, dans de longues promenades. Un de nos buts favoris était Ormesson, et de suivre le Morbras, rivière large d'un mètre, traversant des prairies où poussent des fleurs qu'on ne rencontre nulle part ailleurs, et dont j'ai oublié le nom. Des touffes de cresson ou de menthe cachent au pied qui se hasarde l'endroit où commence l'eau. La rivière charrie au printemps des milliers de pétales blancs et roses. Ce sont les aubépines.

Un dimanche d'avril 1917, comme cela nous arrivait souvent, nous prîmes le train pour La Varenne, d'où nous devions nous rendre à pied à Ormesson. Mon père me dit que nous retrouverions à La Varenne des gens agréables, les Grangier. Je les connaissais pour avoir vu le nom de leur fille, Marthe, dans le catalogue d'une exposition de peinture. Un jour, j'avais entendu mes parents parler de la visite d'un M. Grangier. Il était venu, avec un carton empli des œuvres de sa fille, âgée de dix-huit ans. Marthe était malade. Son père aurait voulu lui faire une surprise: que ses aquarelles figurassent dans une exposition de charité dont ma mère était présidente. Ces aquarelles étaient sans nulle recherche; on y sentait la bonne élève du cours de dessin, tirant la langue, léchant les pinceaux.

Sur le quai de la gare de La Varenne, les Grangier nous attendaient. M. et Mme Grangier devaient être du même âge, approchant de la cinquantaine. Mais Mme Grangier paraissait l'aînée de son mari; son inélégance, sa taille courte, firent qu'elle me déplut au premier coup d'œil.

Au cours de cette promenade, je devais remarquer qu'elle fronçait souvent les sourcils, ce qui couvrait son front de rides auxquelles il fallait une minute pour disparaître. Afin qu'elle eût tous les motifs de me déplaire, sans que je me reprochasse d'être injuste, je souhaitais qu'elle employât des façons de parler assez communes. Sur ce point, elle me déçut.

Le père, lui, avait l'air d'un brave homme, ancien sous-officier, adoré de ses soldats. Mais où était Marthe? Je tremblais à la perspective d'une promenade sans autre compagnie que celle de ses parents. Elle devait venir par le prochain train, "dans un quart d'heure, expliqua Mme Grangier, n'ayant pu être prête à temps. Son frère arriverait avec elle".

Quand le train entra en gare, Marthe était debout sur le marchepied du wagon. "Attends bien que le train s'arrête", lui cria sa mère... Cette imprudente me charma.

Sa robe, son chapeau, très simples, prouvaient son peu d'estime pour l'opinion des inconnus. Elle donnait la main à un petit garçon qui paraissait avoir onze ans. C'était son frère, enfant pâle, aux cheveux d'albinos, et dont tous les gestes trahissaient la maladie.

Sur la route, Marthe et moi marchions en tête. Mon père marchait derrière, entre les Grangier.

Mes frères, eux, bâillaient, avec ce nouveau petit camarade chétif, à qui l'on défendait de courir.

Comme je complimentais Marthe sur ses aquarelles, elle me répondit modestement que c'étaient des études. Elle n'y attachait aucune importance. Elle me montrerait mieux, des fleurs "stylisées". Je jugeai bon, pour la première fois, de ne pas lui dire que je trouvais ces sortes de fleurs ridicules.

Sous son chapeau elle ne pouvait bien me voir. Moi, je l'observais.

— Vous ressemblez peu à madame votre mère, lui dis-je.

C'était un madrigal.

— On me le dit quelquefois; mais, quand vous viendrez à la maison, je vous montrerai des photographies de maman lorsqu'elle était jeune, je lui ressemble beaucoup.

Je fus attristé de cette réponse, et je priai Dieu de ne point voir Marthe quand elle aurait l'âge de sa mère.

Voulant dissiper le malaise de cette réponse pénible, et ne comprenant pas que, pénible, elle ne pouvait l'être que pour moi, puisque heureusement Marthe ne voyait point sa mère avec mes yeux, je lui dis:

— Vous avez tort de vous coiffer de la sorte, les cheveux lisses vous iraient mieux.

Je restai terrifié, n'ayant jamais dit pareille chose à une femme. Je pensais à la façon dont j'étais coiffé, moi.

— Vous pourrez le demander à maman (comme si elle avait besoin de se justifier!); d'habitude, je ne me coiffe pas si mal, mais j'étais déjà en retard et je craignais de manquer le second train. D'ailleurs, je n'avais pas l'intention d'ôter mon chapeau.

"Quelle fille était-ce donc, pensais-je, pour admettre qu'un gamin la querelle à propos de ses mèches?"

J'essayais de deviner ses goûts en littérature; je fus heureux qu'elle connût Baudelaire et Verlaine, charmé de la façon dont elle aimait Baudelaire, qui n'était pourtant pas la mienne. J'y discernais une révolte. Ses parents avaient fini par admettre ses goûts. Marthe leur en voulait que ce fût par tendresse. Son fiancé, dans ses lettres, lui parlait de ce qu'il lisait, et s'il lui conseillait certains livres, il lui en défendait d'autres. Il lui avait défendu *Les Fleurs du Mal*.[19] Désagréablement surpris d'apprendre qu'elle était fiancée, je me réjouis de savoir qu'elle désobéissait à un soldat assez nigaud pour craindre Baudelaire. Je fus heureux de sentir qu'il devait souvent choquer Marthe. Après la première surprise désagréable, je me félicitai de son étroitesse, d'autant mieux que j'eusse craint, s'il avait lui aussi goûté *Les Fleurs du Mal*, que leur futur appartement ressemblât à celui de *La Mort des Amants*.[20] Je me demandai ensuite ce que cela pouvait bien me faire.

Son fiancé lui avait aussi défendu les académies de dessin. Moi qui n'y allais jamais, je lui proposai de l'y conduire, ajoutant que j'y travaillais souvent. Mais, craignant ensuite que mon mensonge fût découvert, je la priai de n'en point parler à mon père. Il ignorait, dis-je, que je manquais des cours de gymnastique pour me rendre à la Grande-Chaumière.[21] Car je ne voulais pas qu'elle pût se figurer que je cachais l'académie à mes parents, parce qu'ils me défendaient de voir des femmes nues. J'étais heureux qu'il se fît un secret entre nous, et moi, timide, me sentais déjà tyrannique avec elle.

J'étais fier aussi d'être préféré à la campagne, car nous n'avions pas encore fait allusion au décor de notre promenade. Quelquefois ses parents l'appelaient: "Regarde, Marthe, à ta droite, comme les coteaux de Chennevières sont jolis", ou bien, son frère s'approchait d'elle et lui demandait le nom d'une fleur qu'il venait de cueillir. Elle leur accordait d'attention distraite juste assez pour qu'ils ne se fâchassent point.

Nous nous assîmes dans les prairies d'Ormesson. Dans ma candeur, je regrettais d'avoir été si loin, et d'avoir tellement précipité les choses. "Après une conversation moins sentimentale, plus naturelle, pensai-je, je pourrais éblouir Marthe, et m'attirer la bienveillance de ses parents, en racontant le passé de ce village." Je m'en abstins. Je croyais avoir des raisons profondes, et pensais qu'après tout ce qui s'était passé, une conversation tellement en dehors de nos inquiétudes communes ne pourrait que rompre le charme. Je croyais qu'il s'était passé des choses graves. C'était d'ailleurs vrai, simplement, je le sus dans la suite, parce que Marthe avait faussé notre conversation dans le même sens que moi. Mais moi qui ne pouvais m'en rendre compte, je me figurais lui avoir adressé des paroles significatives. Je croyais avoir déclaré mon amour à une personne insensible. J'oubliais que M. et Mme Grangier eussent pu entendre sans le moindre inconvénient tout ce que j'avais dit à leur fille; mais, moi, aurais-je pu le lui dire en leur présence?

— Marthe ne m'intimide pas, me répétais-je. Donc, seuls, ses parents et mon père m'empêchent de me pencher sur son cou et de l'embrasser.

Profondément en moi, un autre garçon se félicitait de ces trouble-fête. Celui-ci pensait:

— Quelle chance que je ne me trouve pas seul avec elle! Car je n'oserais pas davantage l'embrasser, et n'aurais aucune excuse.

Ainsi triche le timide.

Nous reprenions le train à la gare de Sucy. Ayant une bonne demi-heure à l'attendre, nous nous assîmes à la terrasse d'un café. Je dus subir les compliments de Mme Grangier. Ils m'humiliaient. Ils rappelaient à sa fille que je n'étais encore qu'un lycéen, qui passerait son baccalauréat dans un an. Marthe voulut boire de la grenadine; j'en commandai aussi. Le matin encore, je me serais cru déshonoré en buvant de la grenadine. Mon père n'y comprenait rien. Il me laissait toujours servir des apéritifs. Je tremblai qu'il me plaisantât sur ma sagesse. Il le fit, mais à mots couverts, de façon que Marthe

17

ne devinât pas que je buvais de la grenadine pour faire comme elle.

Arrivés à F..., nous dîmes adieu aux Grangier. Je promis à Marthe de lui porter, le jeudi suivant, la collection du journal *Le Mot* et *Une Saison en enfer*.[22]

— Encore un titre qui plairait à mon fiancé!

Elle riait.

— Voyons, Marthe! dit, fronçant les sourcils, sa mère qu'un tel manque de soumission choquait toujours.

Mon père et mes frères s'étaient ennuyés, qu'importe! Le bonheur est égoïste.

Le lendemain, au lycée, je n'éprouvai pas le besoin de raconter à René, à qui je disais tout, ma journée du dimanche. Mais je n'étais pas d'humeur à supporter qu'il me raillât de n'avoir pas embrassé Marthe en cachette. Autre chose m'étonnait; c'est qu'aujourd'hui je trouvais René moins différent de mes camarades.

Ressentant de l'amour pour Marthe, j'en ôtais à René, à mes parents, à mes sœurs.

Je me promettais bien cet effort de volonté de ne pas venir la voir avant le jour de notre rendez-vous. Pourtant, le mardi soir, ne pouvant attendre, je sus trouver à ma faiblesse de bonnes excuses qui me permissent de porter après dîner le livre et les journaux. Dans cette impatience, Marthe verrait la preuve de mon amour, disais-je, et si elle refuse de la voir, je saurais bien l'y contraindre.

Pendant un quart d'heure, je courus comme un fou jusqu'à sa maison. Alors, craignant de la déranger pendant son repas, j'attendis, en nage, dix minutes, devant la grille. Je pensais que pendant ce temps mes palpitations de cœur s'arrêteraient. Elles augmentaient, au contraire. Je manquai tourner bride, mais depuis quelques minutes, d'une fenêtre voisine, une femme me regardait curieusement, voulant savoir ce que je faisais, réfugié contre cette porte. Elle me décida. Je sonnai. J'entrai dans la maison. Je demandai à la domestique si Madame était chez elle. Presque aussitôt, Mme Grangier parut dans la petite pièce où l'on m'avait introduit. Je sursautai, comme si la domestique eût dû comprendre que j'avais demandé "Madame" par convenance et que je voulais voir "Mademoiselle". Rougissant, je priai Mme Grangier de m'excuser de la déranger à pareille heure, comme s'il eût été une heure du matin: ne pouvant venir jeudi, j'apportais le livre et les journaux à sa fille.

— Cela tombe à merveille, me dit Mme Grangier, car Marthe n'aurait pu vous recevoir. Son fiancé a obtenu une permission, quinze jours plus tôt qu'il ne pensait. Il est arrivé hier, et Marthe dîne ce soir chez ses futurs beaux-parents.

Je m'en allai donc, et puisque je n'avais plus de chance de la revoir jamais, croyais-je, m'efforçais de ne plus penser à Marthe, et, par cela même, ne pensant qu'à elle.

Pourtant, un mois après, un matin, sautant de mon wagon à la gare de la Bastille, je la vis qui descendait d'un autre. Elle allait choisir dans des magasins différentes choses, en vue de son mariage. Je lui demandai de m'accompagner jusqu'à Henri-IV.

— Tiens, dit-elle, l'année prochaine, quand vous serez en seconde, vous aurez mon beau-père pour professeur de géographie.

Vexé qu'elle me parlât études, comme si aucune autre conversation n'eût été de mon âge, je lui répondis aigrement que ce serait assez drôle.

Elle fronça les sourcils. Je pensai à sa mère.

Nous arrivions à Henri-IV, et, ne voulant pas la quitter sur ces paroles que je croyais blessantes, je décidai d'entrer en classe une heure plus tard, après le cours de dessin. Je fus heureux qu'en cette circonstance Marthe ne montrât pas de sagesse, ne me fît aucun reproche, et, plutôt, semblât me remercier d'un tel sacrifice, en réalité nul. Je lui fus reconnaissant qu'en échange elle ne me proposât point de l'accompagner dans ses courses, mais qu'elle me donnât son temps comme je lui donnais le mien.

Nous étions maintenant dans le jardin du Luxembourg; neuf heures sonnèrent à l'horloge du Sénat.[23] Je renonçai au lycée. J'avais dans ma poche, par miracle, plus d'argent que n'en a d'habitude un collégien en deux ans, ayant la veille vendu mes timbres-poste les plus rares à la Bourse aux timbres, qui se tient derrière le Guignol des Champs-Élysées.

Au cours de la conversation, Marthe m'ayant appris qu'elle déjeunait chez ses beaux-parents, je décidai de la résoudre à rester avec moi. La demie de neuf heures sonnait. Marthe

20

sursauta, point encore habituée à ce qu'on abandonnât pour elle tous ses devoirs, fussent-ils des devoirs de classe. Mais, voyant que je restais sur ma chaise de fer, elle n'eut pas le courage de me rappeler que j'aurais dû être assis sur les bancs de Henri-IV.

Nous restions immobiles. Ainsi doit être le bonheur. Un chien sauta du bassin et se secoua. Marthe se leva, comme quelqu'un qui, après la sieste, et le visage encore enduit de sommeil, secoue ses rêves. Elle faisait avec ses bras des mouvements de gymnastique. J'en augurai mal pour notre entente.

— Ces chaises sont trop dures, me dit-elle, comme pour s'excuser d'être debout.

Elle portait une robe de foulard, chiffonnée depuis qu'elle s'était assise. Je ne pus m'empêcher d'imaginer les dessins que le cannage imprime sur la peau.

— Allons, accompagnez-moi dans les magasins, puisque vous êtes décidé à ne pas aller en classe, dit Marthe, faisant pour la première fois allusion à ce que je négligeais pour elle.

Je l'accompagnai dans plusieurs maisons de lingerie, l'empêchant de commander ce qui lui plaisait et ne me plaisait pas; par exemple, évitant le rose, qui m'importune, et qui était sa couleur favorite.

Après ces premières victoires, il fallait obtenir de Marthe qu'elle ne déjeunât pas chez ses beaux-parents. Ne pensant pas qu'elle pouvait leur mentir pour le simple plaisir de rester en ma compagnie, je cherchai ce qui la déterminerait à me suivre dans l'école buissonnière. Elle rêvait de connaître un bar américain.[24] Elle n'avait jamais osé demander à son fiancé de l'y conduire. D'ailleurs, il ignorait les bars. Je tenais mon prétexte. A son refus, empreint d'une véritable déception, je pensai qu'elle viendrait. Au bout d'une demi-heure, ayant usé de tout pour la convaincre, et n'insistant même plus, je l'accompagnai chez ses beaux-parents, dans l'état d'esprit d'un condamné à mort espérant jusqu'au dernier moment qu'un coup de main se fera sur la route du supplice. Je voyais s'approcher la rue, sans que rien ne se produisît. Mais soudain, Marthe, frappant à la vitre, arrêta le chauffeur du taxi devant un bureau de poste.

Elle me dit:

— Attendez-moi une seconde. Je vais téléphoner à ma belle-mère que je suis dans un quartier trop éloigné pour arriver à temps.

Au bout de quelques minutes, n'en pouvant plus d'impatience, j'avisai une marchande de fleurs et je choisis une à une des roses rouges, dont je fis faire une botte. Je ne pensais pas tant au plaisir de Marthe qu'à la nécessité pour elle de mentir encore ce soir pour expliquer à ses parents d'où venaient les roses. Notre projet, lors de la première rencontre, d'aller à une académie de dessin; le mensonge du téléphone qu'elle répéterait, ce soir, à ses parents, mensonge auquel s'ajouterait celui des roses, m'étaient des faveurs plus douces qu'un baiser. Car, ayant souvent embrassé, sans grand plaisir, des lèvres de petites filles, et oubliant que c'était parce que je ne les aimais pas, je désirais peu les lèvres de Marthe. Tandis qu'une telle complicité m'était restée, jusqu'à ce jour, inconnue.

Marthe sortait de la poste, rayonnante, après le premier mensonge. Je donnai au chauffeur l'adresse d'un bar de la rue Daunou.[25]

Elle s'extasiait, comme une pensionnaire, sur la veste blanche du barman, la grâce avec laquelle il secouait les gobelets d'argent, les noms bizarres ou poétiques des mélanges. Elle respirait de temps en temps les roses rouges dont elle se promettait de faire une aquarelle, qu'elle me donnerait en souvenir de cette journée. Je lui demandai de me montrer une photographie de son fiancé. Je le trouvai beau. Sentant déjà quelle importance elle attachait à mes opinions, je poussai l'hypocrisie jusqu'à lui dire qu'il était très beau, mais d'un air peu convaincu, pour lui donner à penser que je le lui disais par politesse. Ce qui, selon moi, devait jeter le trouble dans l'âme de Marthe, et, de plus, m'attirer sa reconnaissance.

Mais, l'après-midi, il fallut songer au motif de son voyage. Son fiancé, dont elle savait les goûts, s'en était remis complètement à elle du soin de choisir leur mobilier. Mais sa mère voulait à toute force la suivre. Marthe, enfin, en lui promettant de ne pas faire de folies, avait obtenu de venir seule. Elle devait, ce jour-là, choisir quelques meubles pour leur chambre à coucher. Bien que je me fusse promis de ne montrer d'extrême plaisir ou déplaisir à aucune des paroles de Marthe, il me fallut faire un effort pour continuer de marcher sur le boulevard d'un pas tranquille qui maintenant ne s'accordait plus avec le rythme de mon cœur.

Cette obligation d'accompagner Marthe m'apparut comme une malchance. Il fallait donc l'aider à choisir une chambre pour elle et un autre! Puis, j'entrevis le moyen de choisir une chambre pour Marthe et pour moi.

J'oubliais si vite son fiancé, qu'au bout d'un quart d'heure de marche, on m'aurait surpris en me rappelant que, dans cette chambre, un autre dormirait auprès d'elle.

Son fiancé goûtait le style Louis XV.[26]

Le mauvais goût de Marthe était autre; elle aurait plutôt versé dans le japonais.[27] Il me fallut donc les combattre tous deux. C'était à qui jouerait le plus vite. Au moindre mot de Marthe, devinant ce qui la tentait, il me fallait lui désigner le contraire, qui ne me plaisait pas toujours, afin de me donner l'apparence de céder à ses caprices, quand j'abandonnerais un meuble pour un autre, qui dérangeait moins son œil.

Elle murmurait: "Lui qui voulait une chambre rose." N'osant même plus m'avouer ses propres goûts, elle les attribuait à son fiancé. Je devinai que dans quelques jours nous les raillerions ensemble.

Pourtant je ne comprenais pas bien cette faiblesse. "Si elle ne m'aime pas, pensai-je, quelle raison a-t-elle de me céder, de sacrifier ses préférences, et celles de ce jeune homme, aux miennes?" Je n'en trouvai aucune. La plus modeste eût été encore de me dire que Marthe m'aimait. Pourtant j'étais sûr du contraire.

Marthe m'avait dit: "Au moins laissons-lui l'étoffe rose." — "Laissons-lui!" Rien que pour ce mot, je me sentais près de lâcher prise. Mais "lui laisser l'étoffe rose" équivalait à tout abandonner. Je représentai à Marthe combien ces murs roses gâcheraient les meubles simples que "nous avions choisis", et, reculant encore devant le scandale, lui conseillai de faire peindre les murs de sa chambre à la chaux!

C'était le coup de grâce. Toute la journée, Marthe avait été tellement harcelée qu'elle le reçut sans révolte. Elle se contenta de me dire: "En effet, vous avez raison."

A la fin de cette journée éreintante, je me félicitai du pas que j'avais fait. J'étais parvenu à transformer, meuble à meuble, ce mariage d'amour, ou plutôt d'amourette, en un mariage de raison, et lequel! puisque la raison n'y tenait aucune place, chacun ne trouvant chez l'autre que les avantages qu'offre un mariage d'amour.

En me quittant, ce soir-là, au lieu d'éviter désormais mes conseils, elle m'avait prié de l'aider les jours suivants dans le choix de ses autres meubles. Je le lui promis, mais à condition qu'elle me jurât de ne jamais le dire à son fiancé, puisque la seule raison qui pût à la longue lui faire admettre ces meubles, s'il avait de l'amour pour Marthe, c'était de penser que tout sortait d'elle, de son bon plaisir, qui deviendrait le leur.

Quand je rentrai à la maison, je crus lire dans le regard de mon père qu'il avait déjà appris mon escapade. Naturellement il ne savait rien; comment eût-il pu le savoir?

"Bah! Jacques s'habituera bien à cette chambre", avait dit Marthe. En me couchant, je me répétai que, si elle songeait à son mariage avant de dormir, elle devait, ce soir, l'envisager de tout autre sorte qu'elle ne l'avait fait les jours précédents. Pour moi, quelle que fût l'issue de cette idylle, j'étais, d'avance, bien vengé de son Jacques: je pensais à la nuit de noces dans cette chambre austère, dans "ma" chambre!

Le lendemain matin, je guettai dans la rue le facteur qui devait apporter une lettre d'absence. Il me la remit, je l'empochai, jetant les autres dans la boîte de notre grille. Procédé trop simple pour ne pas en user toujours.

Manquer la classe voulait dire, selon moi, que j'étais amoureux de Marthe. Je me trompais. Marthe ne m'était que le prétexte de cette école buissonnière. Et la preuve, c'est qu'après avoir goûté en compagnie de Marthe aux charmes de la liberté, je voulus y goûter seul, puis faire des adeptes. La liberté me devint vite une drogue.

L'année scolaire touchait à sa fin, et je voyais avec terreur que ma paresse allait rester impunie, alors que je souhaitais le renvoi du collège, un drame, enfin, qui clôturât cette période.

A force de vivre dans les mêmes idées, de ne voir qu'une chose, si on la veut avec ardeur, on ne remarque plus le crime de ses désirs. Certes, je ne cherchais pas à faire de la peine à mon père; pourtant, je souhaitais la chose qui pourrait lui en faire le plus. Les classes m'avaient toujours été un supplice; Marthe et la liberté avaient achevé de me les rendre intolérables. Je me rendais bien compte que, si j'aimais moins René, c'était simplement parce qu'il me rappelait quelque chose du collège. Je souffrais, et cette crainte me rendait même physiquement malade, à l'idée de me retrouver, l'année suivante, dans la niaiserie de mes condisciples.

Pour le malheur de René, je lui avais trop bien fait partager mon vice. Aussi, lorsque, moins habile que moi, il m'annonça qu'il était renvoyé de Henri-IV, je crus l'être moi-même. Il fallait l'apprendre à mon père, car il me saurait gré de le lui dire moi-même, avant la lettre du censeur,[28] lettre trop grave à subtiliser.

Nous étions un mercredi. Le lendemain, jour de congé, j'attendis que mon père fût à Paris pour prévenir ma mère. La perspective de quatre jours de trouble dans son ménage l'alarma plus que la nouvelle. Puis, je partis au bord de la Marne, où Marthe m'avait dit qu'elle me rejoindrait peut-être. Elle n'y était pas. Ce fut une chance. Mon amour puisant dans cette rencontre une mauvaise énergie, j'aurais pu, ensuite, lutter contre mon père; tandis que l'orage éclatant après une journée de vide, de tristesse, je rentrai le front bas, comme il convenait. Je revins chez nous un peu après l'heure où je savais que mon père avait coutume d'y être. Il "savait" donc. Je me promenai dans le jardin, attendant que mon père me fît venir. Mes sœurs jouaient en silence. Elles devinaient quelque chose. Un de mes frères, assez excité par l'orage, me dit de me rendre dans la chambre où mon père s'était étendu.

Des éclats de voix, des menaces, m'eussent permis la révolte. Ce fut pire. Mon père se taisait; ensuite, sans aucune colère, avec une voix même plus douce que de coutume, il me dit:

— Eh bien, que comptes-tu faire maintenant?

Les larmes qui ne pouvaient s'enfuir par mes yeux, comme un essaim d'abeilles, bourdonnaient dans ma tête. A une volonté, j'eusse pu opposer la mienne, même impuissante. Mais devant une telle douceur, je ne pensais qu'à me soumettre.

— Ce que tu m'ordonneras de faire.

— Non, ne mens pas encore. Je t'ai toujours laissé agir comme tu voulais; continue. Sans doute auras-tu à cœur de m'en faire repentir.

Dans l'extrême jeunesse, l'on est trop enclin, comme les femmes, à croire que les larmes dédommagent de tout. Mon père ne me demandait même pas de larmes. Devant sa générosité, j'avais honte du présent et de l'avenir. Car je sentais que quoi que je lui dise, je mentirais. "Au moins que ce mensonge le réconforte, pensai-je, en attendant de lui être une source de nouvelles peines." Ou plutôt non, je cherche encore à me mentir à moi-même. Ce que je voulais, c'était faire un travail, guère plus fatigant qu'une promenade, et qui laissât comme elle, à mon esprit, la liberté de ne pas se détacher de Marthe une minute. Je feignis de vouloir peindre et de n'avoir jamais osé le dire. Encore une fois, mon père ne dit pas non, à condition que je continuasse d'apprendre chez nous ce que j'aurais dû apprendre au collège, mais avec la liberté de peindre.

Quand des liens ne sont pas encore solides, pour perdre quelqu'un de vue, il suffit de manquer une fois un rendez-vous. A force de penser à Marthe, j'y pensai de moins en moins. Mon esprit agissait, comme nos yeux agissent avec le papier des murs de notre chambre. A force de le voir, ils ne le voient plus.

Chose incroyable! J'avais même pris goût au travail. Je n'avais pas menti comme je le craignais.

Lorsque quelque chose, venu de l'extérieur, m'obligeait à penser moins paresseusement à Marthe, j'y pensais sans amour, avec la mélancolie que l'on éprouve pour ce qui aurait pu être. "Bah! me disais-je, c'eût été trop beau. On ne peut à la fois choisir le lit et coucher dedans."

Une chose étonnait mon père. La lettre du censeur n'arrivait pas. Il me fit à ce sujet sa première scène, croyant que j'avais soustrait la lettre, que j'avais feint ensuite de lui annoncer gratuitement la nouvelle, que j'avais ainsi obtenu son indulgence. En réalité, cette lettre n'existait pas. Je me croyais renvoyé du collège, mais je me trompais. Aussi, mon père ne comprit-il rien lorsque, au début des vacances, nous reçûmes une lettre du proviseur.[29]

Il demandait si j'étais malade et s'il fallait m'inscrire pour l'année suivante.

La joie de donner enfin satisfaction à mon père comblait un peu le vide sentimental dans lequel je me trouvais, car, si je croyais ne plus aimer Marthe, je la considérais du moins comme le seul amour qui eût été digne de moi. C'est dire que je l'aimais encore.

J'étais dans ces dispositions de cœur quand, à la fin de novembre, un mois après avoir reçu une lettre de faire part de son mariage, je trouvai, en rentrant chez nous, une invitation de Marthe qui commençait par ces lignes: "Je ne comprends rien à votre silence. Pourquoi ne venez-vous pas me voir? Sans doute avez-vous oublié que vous avez choisi mes meubles?..."

Marthe habitait J...; sa rue descendait jusqu'à la Marne. Chaque trottoir réunissait au plus une douzaine de villas. Je m'étonnai que la sienne fût si grande. En réalité, Marthe habitait seulement le haut, les propriétaires et un vieux ménage se partageant le bas.

Quand j'arrivai pour goûter, il faisait déjà nuit. Seule une fenêtre, à défaut d'une présence humaine, révélait celle du feu. A voir cette fenêtre illuminée par des flammes inégales, comme des vagues, je crus à un commencement d'incendie. La porte de fer du jardin était entrouverte. Je m'étonnai d'une semblable négligence. Je cherchai la sonnette: je ne la trouvai point. Enfin, gravissant les trois marches du perron, je me décidai à frapper contre les vitres du rez-de-chaussée de droite, derrière lesquelles j'entendais des voix. Une vieille femme ouvrit la porte: je lui demandai où demeurait Mme Lacombe (tel était le nouveau nom de Marthe): "C'est au-dessus." Je montai l'escalier dans le noir, trébuchant, me cognant, et mourant de crainte qu'il fût arrivé quelque malheur. Je frappai. C'est Marthe qui vint m'ouvrir. Je faillis lui sauter au cou, comme les gens qui se connaissent à peine, après avoir échappé au naufrage. Elle n'y eût rien compris. Sans doute me trouva-t-elle l'air égaré, car, avant toute chose, je lui demandai pourquoi "il y avait le feu".

— C'est qu'en vous attendant, j'avais fait dans la cheminée du salon un feu de bois d'olivier, à la lueur duquel je lisais.

En entrant dans la petite chambre qui lui servait de salon, peu encombrée de meubles, et que les tentures, les gros tapis doux comme un poil de bête, rétrécissaient jusqu'à lui donner l'aspect d'une boîte, je fus à la fois heureux et malheureux comme un dramaturge qui, voyant sa pièce, y découvre trop tard des fautes.

Marthe s'était de nouveau étendue le long de la cheminée, tisonnant la braise, et prenant garde à ne pas mêler quelque parcelle noire aux cendres.

— Vous n'aimez peut-être pas l'odeur de l'olivier? Ce sont mes beaux-parents qui en ont fait venir pour moi une provision de leur propriété du Midi.

Marthe semblait s'excuser d'un détail de son cru, dans cette chambre qui était mon œuvre. Peut-être cet élément détruisait-il un tout, qu'elle comprenait mal.

Au contraire. Ce feu me ravit, et aussi de voir qu'elle attendait comme moi de se sentir brûlante d'un côté, pour se retourner de l'autre. Son visage calme et sérieux ne m'avait jamais paru plus beau que dans cette lumière sauvage. A ne pas se répandre dans la pièce, cette lumière gardait toute sa force. Dès qu'on s'en éloignait, il faisait nuit, et on se cognait aux meubles.

Marthe ignorait ce que c'est que d'être mutine. Dans son enjouement, elle restait grave.

Mon esprit s'engourdissait peu à peu auprès d'elle, je la trouvai différente. C'est que, maintenant que j'étais sûr de ne plus l'aimer, je commençais à l'aimer. Je me sentais incapable de calculs, de machinations, de tout ce dont, jusqu'alors, et encore à ce moment-là, je croyais que l'amour ne peut se passer. Tout à coup, je me sentais meilleur. Ce brusque changement aurait ouvert les yeux de tout autre: je ne vis pas que j'étais amoureux de Marthe. Au contraire, j'y vis la preuve

29

que mon amour était mort, et qu'une belle amitié le remplacerait. Cette longue perspective d'amitié me fit admettre soudain combien un autre sentiment eût été criminel, lésant un homme qui l'aimait, à qui elle devait appartenir, et qui ne pouvait la voir.

Pourtant, autre chose m'aurait dû renseigner sur mes véritables sentiments. Il y a quelques mois, quand je rencontrais Marthe, mon prétendu amour ne m'empêchait pas de la juger, de trouver laides la plupart des choses qu'elle trouvait belles, la plupart des choses qu'elle disait, enfantines. Aujourd'hui, si je ne pensais pas comme elle, je me donnais tort. Après la grossièreté de mes premiers désirs, c'était la douceur d'un sentiment plus profond qui me trompait. Je ne me sentais plus capable de rien entreprendre de ce que je m'étais promis. Je commençais à respecter Marthe, parce que je commençais à l'aimer.

Je revins tous les soirs; je ne pensai même pas à la prier de me montrer sa chambre, encore moins à lui demander comment Jacques trouvait nos meubles. Je ne souhaitais rien d'autre que ces fiançailles éternelles, nos corps étendus près de la cheminée, se touchant l'un l'autre, et moi, n'osant bouger, de peur qu'un seul de mes gestes suffît à chasser le bonheur.

Mais Marthe, qui goûtait le même charme, croyait le goûter seule. Dans ma paresse heureuse, elle lut de l'indifférence. Pensant que je ne l'aimais pas, elle s'imagina que je me lasserais vite de ce salon silencieux, si elle ne faisait rien pour m'attacher à elle.

Nous nous taisions. J'y voyais une preuve du bonheur.

Je me sentais tellement près de Marthe, avec la certitude que nous pensions en même temps aux mêmes choses, que lui parler m'eût semblé absurde, comme de parler haut quand on est seul. Ce silence accablait la pauvre petite. La sagesse eût été de me servir de moyens de correspondre aussi grossiers que la parole où le geste, tout en déplorant qu'il n'en existât point de plus subtils.

A me voir tous les jours m'enfoncer de plus en plus dans ce mutisme délicieux, Marthe se figura que je m'ennuyais de plus en plus. Elle se sentait prête à tout pour me distraire.

Sa chevelure dénouée, elle aimait dormir près du feu. Ou plutôt je croyais qu'elle dormait. Son sommeil lui était prétexte, pour mettre ses bras autour de mon cou, et une fois réveillée, les yeux humides, me dire qu'elle venait d'avoir un rêve triste. Elle ne voulait jamais me le raconter. Je profitais de son faux sommeil pour respirer ses cheveux, son cou, ses joues brûlantes, et en les effleurant à peine pour qu'elle ne se réveillât point; toutes caresses qui ne sont pas, comme on croit, la menue monnaie de l'amour, mais, au contraire, la plus rare, et auxquelles seule la passion puisse recourir. Moi, je les croyais permises à mon amitié. Pourtant, je commençai à me désespérer sérieusement de ce que seul l'amour nous donnât des droits sur une femme. Je me passerai bien de l'amour, pensai-je, mais jamais de n'avoir aucun droit sur Marthe. Et, pour en avoir, j'étais même décidé à l'amour, tout en croyant le déplorer. Je désirais Marthe et ne le comprenais pas.

Quand elle dormait ainsi, sa tête appuyée contre un de mes bras, je me penchais sur elle pour voir son visage entouré de flammes. C'était jouer avec le feu. Un jour que je m'approchais trop sans pourtant que mon visage touchât le sien, je fus comme l'aiguille qui dépasse d'un millimètre la zone interdite et appartient à l'aimant. Est-ce la faute de l'aimant ou de l'aiguille? C'est ainsi que je sentis mes lèvres contre les siennes. Elle fermait encore les yeux, mais visiblement comme quelqu'un qui ne dort pas. Je l'embrassai, stupéfait de mon audace, alors qu'en réalité c'était elle qui, lorsque j'approchais de son visage, avait attiré ma tête contre sa bouche. Ses deux mains s'accrochaient à mon cou; elles ne se seraient pas accrochées plus furieusement dans un naufrage. Et je ne comprenais pas si elle voulait que je la sauve, ou bien que je me noie avec elle.

Maintenant, elle s'était assise, elle tenait ma tête sur ses genoux, caressant mes cheveux, et me répétant très doucement: "Il faut que tu t'en ailles, il ne faut plus jamais revenir." Je n'osais pas la tutoyer; lorsque je ne pouvais plus me taire, je cherchais longuement mes mots, construisant mes phrases de façon à ne pas lui parler directement, car si je ne pouvais pas la tutoyer, je sentais combien il était encore plus impossible de lui dire vous. Mes larmes me brûlaient. S'il en tombait une sur la main de Marthe, je m'attendais toujours à l'entendre pousser un cri. Je m'accusai d'avoir rompu le charme, me disant qu'en effet j'avais été fou de poser mes lèvres contre les siennes, oubliant que c'était elle qui m'avait embrassé. "Il faut que tu t'en ailles, ne plus jamais revenir." Mes larmes de rage se mêlaient à mes larmes de peine. Ainsi la fureur du loup pris lui fait autant de mal que le piège. Si j'avais parlé, ç'aurait été pour injurier Marthe. Mon silence l'inquiéta; elle y voyait de la résignation. "Puisqu'il est trop tard, la faisais-je penser, dans mon injustice peut-être clairvoyante, après tout, j'aime autant qu'il souffre." Dans ce feu, je grelottais, je claquais des dents. A ma véritable peine qui me sortait de l'enfance, s'ajoutaient des sentiments enfantins. J'étais le spectateur qui ne veut pas s'en aller parce que le dénouement lui déplaît. Je lui dis: "Je ne m'en irai pas. Vous vous êtes moquée de moi. Je ne veux plus vous voir."

Car si je ne voulais pas rentrer chez mes parents, je ne voulais pas non plus revoir Marthe. Je l'aurais plutôt chassée de chez elle!

Mais elle sanglotait: "Tu es un enfant. Tu ne comprends donc pas que si je te demande de t'en aller, c'est que je t'aime."

Haineusement, je lui dis que je comprenais fort bien qu'elle avait des devoirs et que son mari était à la guerre.

Elle secouait la tête: "Avant toi, j'étais heureuse, je croyais aimer mon fiancé. Je lui pardonnais de ne pas bien me comprendre. C'est toi qui m'as montré que je ne l'aimais pas. Mon devoir n'est pas celui que tu penses. Ce n'est pas de ne pas mentir à mon mari, mais de ne pas te mentir. Va-t'en et ne me crois pas méchante; bientôt tu m'auras oubliée. Mais je ne veux pas causer le malheur de ta vie. Je pleure, parce que je suis trop vieille pour toi!"

Ce mot d'amour était sublime d'enfantillage. Et, quelles que soient les passions que j'éprouve dans la suite, jamais ne sera plus possible l'émotion adorable de voir une fille de dix-neuf ans pleurer parce qu'elle se trouve trop vieille.

La saveur du premier baiser m'avait déçu comme un fruit que l'on goûte pour la première fois. Ce n'est pas dans la nouveauté, c'est dans l'habitude que nous trouvons les plus grands plaisirs. Quelques minutes après, non seulement j'étais habitué à la bouche de Marthe, mais encore je ne pouvais plus m'en passer. Et c'est alors qu'elle parlait de m'en priver à tout jamais.

Ce soir-là, Marthe me reconduisit jusqu'à la maison. Pour me sentir plus près d'elle, je me blottissais sous cape, et je la tenais par la taille. Elle ne disait plus qu'il ne fallait pas nous revoir; au contraire, elle était triste à la pensée que nous allions nous quitter dans quelques instants. Elle me faisait lui jurer mille folies.

Devant la maison de mes parents, je ne voulus pas laisser Marthe repartir seule, et l'accompagnai jusque chez elle. Sans doute ces enfantillages n'eussent-ils jamais pris fin, car elle voulait m'accompagner encore. J'acceptai, à condition qu'elle me laisserait à moitié route.

J'arrivai une demi-heure en retard pour le dîner. C'était la première fois. Je mis ce retard sur le compte du train. Mon père fit semblant de le croire.

Plus rien ne me pesait. Dans· la rue, je marchais aussi légèrement que dans mes rêves.

Jusqu'ici tout ce que j'avais convoité, enfant, il en avait fallu faire mon deuil. D'autre part, la reconnaissance me gâtait les jouets offerts. Quel prestige aurait pour un enfant un jouet qui se donne lui-même! J'étais ivre de passion. Marthe était à moi; ce n'est pas moi qui l'avais dit, c'était elle. Je pouvais toucher sa figure, embrasser ses yeux, ses bras, l'habiller, l'abîmer, à ma guise. Dans mon délire, je la mordais aux endroits où sa peau était nue, pour que sa mère la soupçonnât d'avoir un amant. J'aurais voulu pouvoir y marquer mes initiales. Ma sauvagerie d'enfant retrouvait le vieux sens des tatouages. Marthe disait: "Oui, mords-moi, marque-moi, je voudrais que tout le monde sache."

J'aurais voulu pouvoir embrasser ses seins. Je n'osais pas le lui demander, pensant qu'elle saurait les offrir elle-même, comme ses lèvres. Au bout de quelques jours, l'habitude d'avoir ses lèvres étant venue, je n'envisageai pas d'autre délice.

Nous lisions ensemble à la lueur du feu. Elle y jetait souvent des lettres que son mari lui envoyait, chaque jour, du front. A leur inquiétude, on devinait que celles de Marthe se faisaient de moins en moins tendres et de plus en plus rares. Je ne voyais pas flamber ces lettres sans malaise. Elles grandissaient une seconde le feu et, somme toute, j'avais peur de voir plus clair.

Marthe, qui souvent maintenant me demandait s'il était vrai que je l'avais aimée dès notre première rencontre, me reprochait de ne le lui avoir pas dit avant son mariage. Elle ne se serait pas mariée, prétendait-elle; car, si elle avait éprouvé pour Jacques une sorte d'amour au début de leurs fiançailles, celles-ci, trop longues, par la faute de la guerre, avaient peu à peu effacé l'amour de son cœur. Elle n'aimait déjà plus Jacques quand elle l'épousa. Elle espérait que ces quinze jours de permission accordés à Jacques transformeraient peut-être ses sentiments.

Il fut malhabile. Celui qui aime agace toujours celui qui n'aime pas. Et Jacques l'aimait toujours davantage. Ses lettres étaient de quelqu'un qui souffre, mais plaçant trop haut sa Marthe pour la croire capable de trahison. Aussi n'accusait-il que lui, la suppliant seulement de lui expliquer quel mal il avait pu lui faire: "Je me trouve si grossier à côté de toi, je sens que chacune de mes paroles te blesse." Marthe lui répondait seulement qu'il se trompait, qu'elle ne lui reprochait rien.

Nous étions alors au début de mars. Le printemps était précoce. Les jours où elle ne m'accompagnait pas à Paris, Marthe, nue sous un peignoir, attendait que je revinsse de mes cours de dessin, étendue devant la cheminée où brûlait toujours l'olivier de ses beaux-parents. Elle leur avait demandé de renouveler sa provision. Je ne sais quelle timidité, si ce n'est celle que l'on éprouve en face de ce qu'on n'a jamais fait, me retenait. Je pensais à Daphnis. Ici c'est Chloé qui avait reçu quelques leçons, et Daphnis n'osait lui demander de les lui apprendre.[30] Au fait, ne considérais-je pas Marthe plutôt comme une vierge, livrée, la première quinzaine de ses noces, à un inconnu et plusieurs fois prise par lui de force?

Le soir, seul dans mon lit, j'appelais Marthe, m'en voulant, moi qui me croyais un homme, de ne l'être pas assez pour finir d'en faire ma maîtresse. Chaque jour, allant chez elle, je me promettais de ne pas sortir qu'elle ne le fût.

Le jour de l'anniversaire de mes seize ans, au mois de mars 1918,[31] tout en me suppliant de ne pas me fâcher, elle me fit cadeau d'un peignoir, semblable au sien, qu'elle voulait me voir mettre chez elle. Dans ma joie, je faillis faire un calembour, moi qui n'en faisais jamais. Ma robe prétexte![32] Car il me semblait que ce qui jusqu'ici avait entravé mes désirs, c'était la peur du ridicule, de me sentir habillé, lorsqu'elle ne l'était pas. D'abord je pensai à mettre cette robe le jour même. Puis, je rougis, comprenant ce que son cadeau contenait de reproches.

Dès le début de notre amour, Marthe m'avait donné une clef de son appartement, afin que je n'eusse pas à l'attendre dans le jardin, si, par hasard, elle était en ville. Je pouvais me servir moins innocemment de cette clef. Nous étions un samedi. Je quittai Marthe en lui promettant de venir déjeuner le lendemain avec elle. Mais j'étais décidé à revenir le soir aussitôt que possible.

A dîner, j'annonçai à mes parents que j'entreprendrais le lendemain avec René une longue promenade dans la forêt de Sénart.[33] Je devais pour cela partir à cinq heures du matin. Comme toute la maison dormirait encore, personne ne pourrait deviner l'heure à laquelle j'étais parti, et si j'avais découché.

A peine avais-je fait part de ce projet à ma mère, qu'elle voulut préparer elle-même un panier rempli de provisions, pour la route. J'étais consterné, ce panier détruisait tout le romanesque et le sublime de mon acte. Moi qui goûtais d'avance l'effroi de Marthe quand j'entrerais dans sa chambre, je pensais maintenant à ses éclats de rire en voyant paraître ce prince Charmant, un panier de ménagère à son bras. J'eus beau dire à ma mère que René s'était muni de tout, elle ne voulut rien entendre. Résister davantage, c'était éveiller les soupçons.

Ce qui fait le malheur des uns causerait le bonheur des autres. Tandis que ma mère emplissait le panier qui me gâtait d'avance ma première nuit d'amour, je voyais les yeux pleins de convoitise de mes frères. Je pensai bien à le leur offrir en cachette, mais une fois tout mangé, au risque de se faire fouetter, et pour le plaisir de me perdre, il eussent tout raconté.

Il fallait donc me résigner, puisque nulle cachette ne semblait assez sûre.

Je m'étais juré de ne pas partir avant minuit pour être sûr que mes parents dormissent. J'essayai de lire. Mais comme dix

36

heures sonnaient à la mairie, et que mes parents étaient couchés depuis quelque temps déjà, je ne pus attendre. Ils habitaient au premier étage, moi au rez-de-chaussée. Je n'avais pas mis mes bottines afin d'escalader le mur le plus silencieusement possible. Les tenant d'une main, tenant de l'autre ce panier fragile à cause des bouteilles, j'ouvris avec précaution une petite porte d'office. Il pleuvait. Tant mieux! la pluie couvrirait le bruit. Apercevant que la lumière n'était pas encore éteinte dans la chambre de mes parents, je fus sur le point de me recoucher. Mais j'étais en route. Déjà la précaution des bottines était impossible; à cause de la pluie je dus les remettre. Ensuite, il me fallait escalader le mur pour ne point ébranler la cloche de la grille. Je m'approchai du mur, contre lequel j'avais pris soin, après le dîner, de poser une chaise de jardin pour faciliter mon évasion. Ce mur était garni de tuiles à son faîte. La pluie les rendait glissantes. Comme je m'y suspendais, l'une d'elles tomba. Mon angoisse décupla le bruit de sa chute. Il fallait maintenant sauter dans la rue. Je tenais le panier avec mes dents; je tombai dans une flaque. Une longue minute, je restai debout, les yeux levés vers la fenêtre de mes parents, pour voir s'ils bougeaient, s'étant aperçus de quelque chose. La fenêtre resta vide. J'étais sauf!

Pour me rendre jusque chez Marthe, je suivis la Marne. Je comptais cacher mon panier dans un buisson et le reprendre le lendemain. La guerre rendait cette chose dangereuse. En effet, au seul endroit où il y eût des buissons et où il était possible de cacher le panier, se tenait une sentinelle, gardant le pont de J... J'hésitai longtemps, plus pâle qu'un homme qui pose une cartouche de dynamite. Je cachai tout de même mes victuailles.

La grille de Marthe était fermée. Je pris la clef qu'on laissait toujours dans la boîte aux lettres. Je traversai le petit jardin sur la pointe des pieds, puis montai les marches du perron. J'ôtai encore mes bottines avant de prendre l'escalier.

Marthe était si nerveuse! Peut-être s'évanouirait-elle en me voyant dans sa chambre. Je tremblai; je ne trouvai pas le trou de la serrure. Enfin, je tournai la clef lentement, afin de ne réveiller personne. Je butai dans l'antichambre contre le porte-parapluies. Je craignais de prendre les sonnettes pour des commutateurs.[34] J'allai à tâtons jusqu'à la chambre. Je m'arrêtai avec, encore, l'envie de fuir. Peut-être Marthe ne me pardonnerait jamais. Ou bien si j'allais tout à coup apprendre qu'elle me trompe, et la trouver avec un homme!

J'ouvris. Je murmurai:

— Marthe?

Elle répondit:

— Plutôt que de me faire une peur pareille, tu aurais bien pu ne venir que demain matin. Tu as donc ta permission huit jours plus tôt?

Elle me prenait pour Jacques!

Or, si je voyais de quelle façon elle l'eût accueilli, j'apprenais du même coup qu'elle me cachait déjà quelque chose. Jacques devait donc venir dans huit jours!

J'allumai. Elle restait tournée contre le mur. Il était simple de dire: "C'est moi", et pourtant, je ne le disais pas. Je l'embrassai dans le cou.

— Ta figure est toute mouillée. Essuie-toi donc.

Alors, elle se retourna et poussa un cri.

D'une seconde à l'autre, elle changea d'attitude et, sans prendre la peine de s'expliquer ma présence nocturne:

— Mais mon pauvre chéri, tu vas prendre mal! Déshabille-toi vite.

Elle courut ranimer le feu dans le salon. A son retour dans la chambre, comme je ne bougeais pas, elle dit:

— Veux-tu que je t'aide?

Moi qui redoutais par-dessus tout le moment où je devrais me déshabiller et qui en envisageais le ridicule, je bénissais la pluie grâce à quoi ce déshabillage prenait un sens maternel. Mais Marthe repartait, revenait, repartait dans la cuisine, pour voir si l'eau de mon grog était chaude. Enfin, elle me trouva nu sur le lit, me cachant à moitié sous l'édredon. Elle me gronda: c'était fou de rester nu; il fallait me frictionner à l'eau de Cologne.

Puis, Marthe ouvrit une armoire et me jeta un costume de nuit. "Il devait être de ma taille." Un costume de Jacques! Et je pensais à l'arrivée, fort possible, de ce soldat, puisque Marthe y avait cru.

J'étais dans le lit. Marthe m'y rejoignit. Je lui demandai d'éteindre. Car, même en ses bras, je me méfiais de ma timidité. Les ténèbres me donneraient du courage. Marthe me répondit doucement:

— Non. Je veux te voir t'endormir.

A cette parole pleine de grâce, je sentis quelque gêne. J'y voyais la touchante douceur de cette femme qui risquait tout pour devenir ma maîtresse et, ne pouvant deviner ma timidité maladive, admettait que je m'endormisse auprès d'elle. Depuis quatre mois, je disais l'aimer, et ne lui en donnais pas cette preuve dont les hommes sont si prodigues et qui souvent leur tient lieu d'amour. J'éteignis de force.

Je me retrouvai avec le trouble de tout à l'heure, avant d'entrer chez Marthe. Mais comme l'attente devant la porte, celle devant l'amour ne pouvait être bien longue. Du reste, mon imagination se promettait de telles voluptés qu'elle n'arrivait plus à les concevoir. Pour la première fois aussi, je redoutai de ressembler au mari et de laisser à Marthe un mauvais souvenir de nos premiers moments d'amour.

Elle fut donc plus heureuse que moi. Mais la minute où nous nous désenlaçâmes, et ses yeux admirables, valaient bien mon malaise.

Son visage s'était transfiguré. Je m'étonnai même de ne pas pouvoir toucher l'auréole qui entourait vraiment sa figure, comme dans les tableaux religieux.

Soulagé de mes craintes, il m'en venait d'autres.

C'est que, comprenant enfin la puissance des gestes que ma timidité n'avait osés jusqu'alors, je tremblais que Marthe appartînt à son mari plus qu'elle ne voulait le prétendre.

Comme il m'est impossible de comprendre ce que je goûte la première fois, je devais connaître ces jouissances de l'amour chaque jour davantage.

En attendant, le faux plaisir m'apportait une vraie douleur d'homme: la jalousie.

J'en voulais à Marthe, parce que je comprenais, à son visage reconnaissant, tout ce que valent les liens de la chair. Je maudissais l'homme qui avait avant moi éveillé son corps. Je considérai ma sottise d'avoir vu en Marthe une vierge. A toute autre époque, souhaiter la mort de son mari, c'eût été chimère enfantine, mais ce vœu devenait presque aussi criminel que si j'eusse tué. Je devais à la guerre mon bonheur naissant; j'en attendais l'apothéose. J'espérais qu'elle servirait ma haine comme un anonyme commet le crime à notre place.

Maintenant, nous pleurons ensemble; c'est la faute du bonheur. Marthe me reproche de n'avoir pas empêché son mariage. "Mais alors, serais-je dans ce lit choisi par moi? Elle vivrait chez ses parents; nous ne pourrions nous voir. Elle n'aurait jamais appartenu à Jacques, mais elle ne m'appartiendrait pas. Sans lui, et ne pouvant comparer, peut-être regretterait-elle encore, espérant mieux. Je ne hais pas Jacques. Je hais la certitude de tout devoir à cet homme que nous trompons. Mais j'aime trop Marthe pour trouver notre bonheur criminel."

Nous pleurons ensemble de n'être que des enfants, disposant de peu. Enlever Marthe! Comme elle n'appartient à personne, qu'à moi, ce serait me l'enlever, puisqu'on nous séparerait. Déjà, nous envisageons la fin de la guerre, qui sera celle de notre amour. Nous le savons, Marthe a beau me jurer qu'elle quittera tout, qu'elle me suivra, je ne suis pas d'une nature portée à la révolte, et, me mettant à la place de Marthe, je n'imagine pas cette folle rupture. Marthe m'explique pourquoi elle se trouvait trop vieille. Dans quinze ans, la vie ne fera encore que commencer pour moi, des femmes m'aimeront, qui auront l'âge qu'elle a. "Je ne pourrais que souffrir, ajoute-t-elle. Si tu me quittes, j'en mourrai. Si tu restes, ce sera par faiblesse, et je souffrirai de te voir sacrifier ton bonheur."

Malgré mon indignation, je m'en voulais de ne point paraître assez convaincu du contraire. Mais Marthe ne demandait qu'à l'être, et mes plus mauvaises raisons lui semblaient bonnes. Elle répondait: "Oui, je n'ai pas pensé à cela. Je sens bien que tu ne mens pas." Moi, devant les craintes de Marthe, je sentais ma confiance moins solide. Alors mes consolations étaient molles. J'avais l'air de ne la détromper que par politesse. Je lui disais: "Mais non, mais non, tu es folle." Hélas! j'étais trop sensible à la jeunesse pour ne pas envisager que je me détacherais de Marthe, le jour où sa jeunesse se fanerait, et que s'épanouirait la mienne.

Bien que mon amour me parût avoir atteint sa forme définitive, il était à l'état d'ébauche. Il faiblissait au moindre obstacle.

Donc, les folies que cette nuit-là firent nos âmes, nous fatiguèrent davantage que celles de notre chair. Les unes semblaient nous reposer des autres; en réalité, elles nous achevaient. Les coqs, plus nombreux, chantaient. Ils avaient chanté toute la nuit. Je m'aperçus de ce mensonge poétique: les coqs chantent au lever du soleil. Ce n'était pas extraordinaire. Mon âge ignorait l'insomnie. Mais Marthe le remarqua aussi, avec tant de surprise, que ce ne pouvait être que la première fois. Elle ne put comprendre la force avec laquelle je la serrai contre moi, car sa surprise me donnait la preuve qu'elle n'avait pas encore passé une nuit blanche avec Jacques.

Mes transes me faisaient prendre notre amour pour un amour exceptionnel. Nous croyons être les premiers à ressentir certains troubles, ne sachant pas que l'amour est comme la poésie, et que tous les amants, même les plus médiocres, s'imaginent qu'ils innovent. Disais-je à Marthe (sans y croire d'ailleurs), mais pour lui faire penser que je partageais ses inquiétudes: "Tu me délaisseras, d'autres hommes te plairont", elle m'affirmait être sûre d'elle. Moi, de mon côté, je me persuadais peu à peu que je lui resterais, même quand elle serait moins jeune, ma paresse finissant par faire dépendre notre éternel bonheur de son énergie.

Le sommeil nous avait surpris dans notre nudité. A mon réveil, la voyant découverte, je craignis qu'elle n'eût froid. Je tâtai son corps. Il était brûlant. La voir dormir me procurait une volupté sans égale. Au bout de dix minutes, cette volupté me parut insupportable. J'embrassai Marthe sur l'épaule. Elle ne s'éveilla pas. Un second baiser, moins chaste, agit avec la violence d'un réveille-matin. Elle sursauta, et, se frottant les yeux, me couvrit de baisers, comme quelqu'un qu'on aime et qu'on retrouve dans son lit après avoir rêvé qu'il est mort. Elle, au contraire, avait cru rêver ce qui était vrai, et me retrouvait au réveil.

Il était déjà onze heures. Nous buvions notre chocolat, quand nous entendîmes la sonnette. Je pensai à Jacques: "Pourvu qu'il ait une arme." Moi qui avais si peur de la mort, je ne tremblais pas. Au contraire, j'aurais accepté que ce fût Jacques, à condition qu'il nous tuât. Toute autre solution me semblait ridicule.

Envisager la mort avec calme ne compte que si nous l'envisageons seul. La mort à deux n'est plus la mort, même

41

pour les incrédules. Ce qui chagrine, ce n'est pas de quitter la vie, mais de quitter ce qui lui donne un sens. Lorsqu'un amour est notre vie, quelle différence y a-t-il entre vivre ensemble ou mourir ensemble?

Je n'eus pas le temps de me croire un héros, car, pensant que peut-être Jacques ne tuerait que Marthe, ou moi, je mesurai mon égoïsme. Savais-je même, de ces deux drames, lequel était le pire?

Comme Marthe ne bougeait pas, je crus m'être trompé, et qu'on avait sonné chez les propriétaires. Mais la sonnette retentit de nouveau.

— Tais-toi, ne bouge pas! murmura-t-elle, ce doit être ma mère. J'avais complètement oublié qu'elle passerait après la messe.

J'étais heureux d'être témoin d'un de ses sacrifices. Dès qu'une maîtresse, un ami, sont en retard de quelques minutes à un rendez-vous, je les vois morts. Attribuant cette forme d'angoisse à sa mère, je savourais sa crainte, et que ce fût par ma faute qu'elle l'éprouvât.

Nous entendîmes la grille du jardin se refermer, après un conciliabule (évidemment, Mme Grangier demandait au rez-de-chaussée si on avait vu ce matin sa fille). Marthe regarda derrière les volets et me dit: "C'était bien elle." Je ne pus résister au plaisir de voir, moi aussi, Mme Grangier repartant, son livre de messe à la main, inquiète de l'absence incompréhensible de sa fille. Elle se retourna encore vers les volets clos.

Maintenant qu'il ne me restait plus rien à désirer, je me sentais devenir injuste. Je m'affectais de ce que Marthe pût mentir sans scrupules à sa mère, et ma mauvaise foi lui reprochait de pouvoir mentir. Pourtant l'amour, qui est l'égoïsme à deux, sacrifie tout à soi, et vit de mensonges. Poussé par le même démon, je lui fis encore le reproche de m'avoir caché l'arrivée de son mari. Jusqu'alors, j'avais maté mon despotisme, ne me sentant pas le droit de régner sur Marthe. Ma dureté avait des accalmies. Je gémissais: "Bientôt tu me prendras en horreur. Je suis comme ton mari, aussi brutal. — Il n'est pas brutal", disait-elle. Je reprenais de plus belle: "Alors, tu nous trompes tous les deux, dis-moi que tu l'aimes, sois contente: dans huit jours tu pourras me tromper avec lui."

Elle se mordait les lèvres, pleurait: "Qu'ai-je donc fait qui te rende aussi méchant? Je t'en supplie, n'abîme pas notre premier jour de bonheur."

— Il faut que tu m'aimes bien peu pour qu'aujourd'hui soit ton premier jour de bonheur.

Ces sortes de coups blessent celui qui les porte. Je ne pensais rien de ce que je disais, et pourtant j'éprouvais le besoin de le dire. Il m'était impossible d'expliquer à Marthe que mon amour grandissait. Sans doute atteignait-il l'âge ingrat,[35] et cette taquinerie féroce, c'était la mue de l'amour devenant passion. Je souffrais. Je suppliai Marthe d'oublier mes attaques.

43

La bonne des propriétaires glissa des lettres sous la porte. Marthe les prit. Il y en avait deux de Jacques. Comme réponse à mes doutes: "Fais-en, dit-elle, ce que bon te semble." J'eus honte. Je lui demandai de les lire, mais de les garder pour elle. Marthe, par un de ces réflexes qui nous poussent aux pires bravades, déchira une des enveloppes. Difficile à déchirer, la lettre devait être longue. Son geste devint une nouvelle occasion de reproches. Je détestais cette bravade, le remords qu'elle ne manquerait pas d'en ressentir. Je fis, malgré tout, un effort et, voulant qu'elle ne déchirât point la seconde lettre, je gardai pour moi que d'après cette scène il était impossible que Marthe ne fût pas méchante. Sur ma demande, elle la lut. Un réflexe pouvait lui faire déchirer la première lettre, mais non lui faire dire, après avoir parcouru la seconde: "Le Ciel nous récompense de n'avoir pas déchiré la lettre. Jacques m'y annonce que les permissions viennent d'être suspendues dans son secteur, il ne viendra pas avant un mois."

L'amour seul excuse de telles fautes de goût.

Ce mari commençait à me gêner, plus que s'il avait été là et que s'il avait fallu prendre garde. Une lettre de lui prenait soudain l'importance d'un spectre. Nous déjeunâmes tard. Vers cinq heures, nous allâmes nous promener au bord de l'eau. Marthe resta stupéfaite lorsque d'une touffe d'herbes je sortis un panier, sous l'œil de la sentinelle. L'histoire du panier l'amusa bien. Je n'en craignais plus le grotesque. Nous marchions, sans nous rendre compte de l'indécence de notre tenue, nos corps collés l'un contre l'autre. Nos doigts s'enlaçaient. Ce premier dimanche de soleil avait fait pousser les promeneurs à chapeau de paille, comme la pluie les champignons. Les gens qui connaissaient Marthe n'osaient pas lui dire bonjour; mais elle, ne se rendant compte de rien, leur disait bonjour sans malice. Ils durent y voir une fanfaronnade. Elle m'interrogeait pour savoir comment je m'étais enfui de la maison. Elle riait, puis sa figure s'assombrissait; alors elle me remerciait, en me serrant les doigts de toutes ses forces, d'avoir couru tant de risques. Nous repassâmes chez elle pour y déposer le panier. A vrai dire, j'entrevis pour ce panier, sous forme d'envoi aux armées, une fin digne de ces aventures. Mais cette fin était si choquante que je la gardai pour moi.

Marthe voulait suivre la Marne jusqu'à La Varenne. Nous dînerions en face de l'île d'Amour.[36] Je lui promis de lui montrer le musée de l'Écu de France, le premier musée que j'avais vu, tout enfant, et qui m'avait ébloui. J'en parlais à Marthe comme d'une chose très intéressante. Mais quand nous constatâmes que ce musée était une farce, je ne voulus pas admettre que je m'étais trompé à ce point. Les ciseaux de Fulbert![37] tout! j'avais tout cru. Je prétendis avoir fait à Marthe une plaisanterie innocente. Elle ne comprenait pas, car il était peu dans mes habitudes de plaisanter. A vrai dire, cette déconvenue me rendait mélancolique. Je me disais: Peut-être moi qui, aujourd'hui, crois tellement à l'amour de Marthe, y verrai-je un attrape-nigaud, comme le musée de l'Écu de France!

Car je doutais souvent de son amour. Quelquefois, je me demandais si je n'étais pas pour elle un passe-temps, un caprice dont elle pourrait se détacher du jour au lendemain, la paix la rappelant à ses devoirs. Pourtant, me disais-je, il y a des moments où une bouche, des yeux, ne peuvent mentir. Certes. Mais une fois ivres, les hommes les moins généreux se fâchent si l'on n'accepte pas leur montre, leur portefeuille. Dans cette veine, ils sont aussi sincères que s'ils se trouvent en état normal. Les moments où on ne peut pas mentir sont précisément ceux où l'on ment le plus, et surtout à soi-même. Croire une femme "au moment où elle ne peut mentir", c'est croire à la fausse générosité d'un avare.

Ma clairvoyance n'était qu'une forme plus dangereuse de ma naïveté. Je me jugeais moins naïf, je l'étais sous une autre forme, puisque aucun âge n'échappe à la naïveté. Celle de la vieillesse n'est pas la moindre. Cette prétendue clairvoyance m'assombrissait tout, me faisait douter de Marthe. Plutôt, je doutais de moi-même, ne me trouvant pas digne d'elle.

45

Aurais-je eu mille fois plus de preuves de son amour, je n'aurais pas été moins malheureux.

Je savais trop le trésor de ce qu'on n'exprime jamais à ceux qu'on aime, par la crainte de paraître puéril, pour ne pas redouter chez Marthe cette pudeur navrante, et je souffrais de ne pouvoir pénétrer son esprit.

Je revins à la maison à neuf heures et demie du soir. Mes parents m'interrogèrent sur ma promenade. Je leur décrivis avec enthousiasme la forêt de Sénart et ses fougères deux fois hautes comme moi. Je parlai aussi de Brunoy, charmant village où nous avions déjeuné. Tout à coup, ma mère, moqueuse, m'interrompant:

— A propos, René est venu cet après-midi à quatre heures, très étonné en apprenant qu'il faisait une grande promenade avec toi.

J'étais rouge de dépit. Cette aventure, et bien d'autres, m'apprirent que, malgré certaines dispositions, je ne suis pas fait pour le mensonge. On m'y attrape toujours. Mes parents n'ajoutèrent rien d'autre. Ils eurent le triomphe modeste.

Mon père, d'ailleurs, était inconsciemment complice de mon premier amour. Il l'encourageait plutôt, ravi que ma précocité s'affirmât d'une façon ou d'une autre. Il avait aussi toujours eu peur que je tombasse entre les mains d'une mauvaise femme. Il était content de me savoir aimé d'une brave fille. Il ne devait se cabrer que le jour où il eut la preuve que Marthe souhaitait le divorce.

Ma mère, elle, ne voyait pas notre liaison d'un aussi bon œil. Elle était jalouse. Elle regardait Marthe avec des yeux de rivale. Elle trouvait Marthe antipathique, ne se rendant pas compte que toute femme, du fait de mon amour, le lui serait devenue. D'ailleurs, elle se préoccupait plus que mon père du qu'en-dira-t-on. Elle s'étonnait que Marthe pût se compromettre avec un gamin de mon âge. Puis, elle avait été élevée à F... Dans toutes ces petites villes de banlieue, du moment qu'elles s'éloignent de la banlieue ouvrière, sévissent les mêmes passions, la même soif de racontars qu'en province. Mais, en outre, le voisinage de Paris rend les racontars, les suppositions plus délurés. Chacun y doit tenir son rang. C'est ainsi que pour avoir une maîtresse, dont le mari était soldat, je vis peu à peu, et sur l'injonction de leurs parents, s'éloigner mes camarades. Ils disparurent par ordre hiérarchique: depuis le fils du notaire, jusqu'à celui de notre jardinier. Ma mère était atteinte par ces mesures qui me semblaient un hommage. Elle me voyait perdu par une folle. Elle reprochait certainement à mon père de me l'avoir fait connaître, et de fermer les yeux. Mais, estimant que c'était à mon père d'agir, et mon père se taisant, elle gardait le silence.

Je passais toutes mes nuits chez Marthe. J'y arrivais à dix heures et demie, j'en repartais le matin à cinq ou six. Je ne sautais plus par-dessus les murs. Je me contentais d'ouvrir la porte avec ma clef; mais cette franchise exigeait quelques soins. Pour que la cloche ne donnât pas l'éveil, j'enveloppais le soir son battant avec de l'ouate. Je l'ôtais le lendemain en rentrant.

A la maison, personne ne se doutait de mes absences; il n'en allait pas de même à J... Depuis quelque temps déjà, les propriétaires et le vieux ménage me voyaient d'un assez mauvais œil, répondant à peine à mes saluts.

Le matin, à cinq heures, pour faire le moins de bruit possible, je descendais, mes souliers à la main. Je les remettais en bas. Un matin, je croisai dans l'escalier le garçon laitier. Il tenait ses boîtes de lait à la main; je tenais, moi, mes souliers. Il me souhaita le bonjour avec un sourire terrible. Marthe était perdue. Il allait le raconter dans tout J... Ce qui me torturait encore le plus était mon ridicule. Je pouvais acheter le silence du garçon laitier, mais je m'en abstins faute de savoir comment m'y prendre.

L'après-midi, je n'osai rien en dire à Marthe. D'ailleurs, cet épisode était inutile pour que Marthe fût compromise. C'était depuis longtemps chose faite. La rumeur me l'attribua même comme maîtresse bien avant la réalité. Nous ne nous étions rendu compte de rien. Nous allions bientôt voir clair. C'est ainsi qu'un jour, je trouvai Marthe sans forces. Le propriétaire venait de lui dire que depuis quatre jours, il guettait mon départ à l'aube. Il avait d'abord refusé de croire, mais il ne lui restait aucun doute. Le vieux ménage dont la chambre était sous celle de Marthe se plaignait du bruit que nous faisions nuit et jour. Marthe était atterrée, voulait partir. Il ne fut pas question d'apporter un peu de prudence dans nos rendez-vous.

Nous nous en sentions incapables: le pli était pris. Alors Marthe commença de comprendre bien des choses qui l'avaient surprise. La seule amie qu'elle chérît vraiment, une jeune fille suédoise, ne répondait pas à ses lettres. J'appris que le correspondant de cette jeune fille nous ayant un jour aperçus dans le train, enlacés, il lui avait conseillé de ne pas revoir Marthe.

Je fis promettre à Marthe que s'il éclatait un drame, où que ce fût, soit chez ses parents, soit avec son mari, elle montrerait de la fermeté. Les menaces du propriétaire, quelques rumeurs, me donnaient tout lieu de craindre, et d'espérer à la fois, une explication entre Marthe et Jacques.

Marthe m'avait supplié de venir la voir souvent, pendant la permission de Jacques, à qui elle avait déjà parlé de moi. Je refusai, redoutant de jouer mal mon rôle et de voir Marthe avec un homme empressé auprès d'elle. La permission devait être de onze jours. Peut-être tricherait-il et trouverait-il le moyen de rester deux jours de plus. Je fis jurer à Marthe de m'écrire chaque jour. J'attendis trois jours avant de me rendre à la poste restante, pour être sûr de trouver une lettre. Il y en avait déjà quatre. Je ne pus les prendre: il me manquait un des papiers d'identité nécessaires. J'étais d'autant moins à l'aise que j'avais falsifié mon bulletin de naissance, l'usage de la poste restante n'étant permis qu'à partir de dix-huit ans. J'insistais, au guichet, avec l'envie de jeter du poivre dans les yeux de la demoiselle des postes, de m'emparer des lettres qu'elle tenait et ne me donnerait pas. Enfin, comme j'étais connu à la poste, j'obtins, faute de mieux, qu'on les envoyât le lendemain chez mes parents.

Décidément, j'avais encore fort à faire pour devenir un homme. En ouvrant la première lettre de Marthe, je me demandai comment elle exécuterait ce tour de force: écrire une lettre d'amour. J'oubliais qu'aucun genre épistolaire n'est moins difficile: il n'y est besoin que d'amour. Je trouvai les lettres de Marthe admirables, et dignes des plus belles que j'avais lues. Pourtant, Marthe m'y disait des choses bien ordinaires, et son supplice de vivre loin de moi.

Il m'étonnait que ma jalousie ne fût pas plus mordante. Je commençais à considérer Jacques comme "le mari". Peu à peu, j'oubliais sa jeunesse, je voyais en lui un barbon.

Je n'écrivais pas à Marthe: il y avait tout de même trop de risques. Au fond, je me trouvais plutôt heureux d'être tenu à ne pas lui écrire, éprouvant, comme devant toute nouveauté, la crainte vague de n'être pas capable, et que mes lettres la choquassent ou lui parussent naïves.

Ma négligence fit qu'au bout de deux jours, ayant laissé traîner sur ma table de travail une lettre de Marthe, elle disparut; le lendemain, elle reparut sur la table. La découverte de cette lettre dérangeait mes plans: j'avais profité de la permission de Jacques, de mes longues heures de présence, pour faire croire chez moi que je me détachais de Marthe. Car, si je m'étais d'abord montré fanfaron pour que mes parents apprissent que j'avais une maîtresse, je commençais à souhaiter qu'ils eussent moins de preuves. Et voici que mon père apprenait la véritable cause de ma sagesse.

Je profitai de ces loisirs pour de nouveau me rendre à l'académie de dessin; car, depuis longtemps, je dessinais mes nus d'après Marthe. Je ne sais pas si mon père le devinait; du moins s'étonnait-il malicieusement, et d'une manière qui me faisait rougir, de la monotonie des modèles. Je retournai donc à la Grande-Chaumière, travaillai beaucoup, afin de réunir une provision d'études pour le reste de l'année, provision que je renouvellerais à la prochaine visite du mari.

Je revis aussi René, renvoyé de Henri-IV. Il allait á Louis-le-Grand.[38] Je l'y cherchais tous les soirs, après la Grande-Chaumière. Nous nous fréquentions en cachette, car depuis son renvoi de Henri-IV, et surtout depuis Marthe, ses parents, qui naguère me considéraient comme un bon exemple, lui avaient défendu ma compagnie.

René, pour qui l'amour, dans l'amour, semblait un bagage encombrant, me plaisantait sur ma passion pour Marthe. Ne pouvant supporter ses pointes, je lui dis lâchement que je n'avais pas de véritable amour. Son admiration pour moi, qui, ces derniers temps, avait faibli, s'en accrut séance tenante.

Je commençais à m'endormir sur l'amour de Marthe. Ce qui me tourmentait le plus, c'était le jeûne infligé à mes sens. Mon énervement était celui d'un pianiste sans piano, d'un fumeur sans cigarettes.

René, qui se moquait de mon cœur, était pourtant épris d'une femme qu'il croyait aimer sans amour. Ce gracieux animal, Espagnole blonde, se désarticulait si bien qu'il devait sortir d'un cirque. René qui feignait la désinvolture était fort jaloux. Il me supplia, mi-riant, mi-pâlissant, de lui rendre un service bizarre. Ce service, pour qui connaît le collège, était l'idée-type du collégien. Il désirait savoir si cette femme le tromperait. Il s'agissait donc de lui faire des avances, pour se rendre compte.

Ce service m'embarrassa. Ma timidité reprenait le dessus. Mais pour rien au monde je n'aurais voulu paraître timide et, du reste, la dame vint me tirer d'embarras. Elle me fit des avances si promptes que la timidité, qui empêche certaines choses et oblige à d'autres, m'empêcha de respecter René et Marthe. Du moins espérais-je y trouver du plaisir, mais j'étais comme le fumeur habitué à une seule marque. Il ne me resta donc que le remords d'avoir trompé René, à qui je jurai que sa maîtresse repoussait toute avance.

Vis-à-vis de Marthe, je n'éprouvais aucun remords. Je m'y forçais. J'avais beau me dire que je ne lui pardonnerais jamais si elle me trompait, je n'y pus rien. "Ce n'est pas pareil", me donnai-je comme excuse avec la remarquable platitude que l'égoïsme apporte dans ses réponses. De même j'admettais fort bien de ne pas écrire à Marthe, mais, si elle ne m'avait pas écrit, j'y eusse vu qu'elle ne m'aimait pas. Pourtant, cette légère infidélité renforça mon amour.

Jacques ne comprenait rien à l'attitude de sa femme. Marthe, plutôt bavarde, ne lui adressait pas la parole. S'il lui demandait: "Qu'as-tu?" elle répondait: "Rien".

Mme Grangier eut différentes scènes avec le pauvre Jacques. Elle l'accusait de maladresse envers sa fille, se repentait de la lui avoir donnée. Elle attribuait à cette maladresse de Jacques le brusque changement survenu dans le caractère de sa fille. Elle voulut la reprendre chez elle. Jacques s'inclina. Quelques jours après son arrivée, il accompagna Marthe chez sa mère, qui, flattant ses moindres caprices, encourageait sans se rendre compte son amour pour moi. Marthe était née dans cette demeure. Chaque chose, disait-elle à Jacques, lui rappelait le temps heureux où elle s'appartenait. Elle devait dormir dans sa chambre de jeune fille. Jacques voulut que tout au moins on y dressât un lit pour lui. Il provoqua une crise de nerfs. Marthe refusait de souiller cette chambre virginale.

M. Grangier trouvait ces pudeurs absurdes. Mme Grangier en profita pour dire à son mari et à son gendre qu'ils ne comprenaient rien à la délicatesse féminine. Elle se sentait flattée que l'âme de sa fille appartînt si peu à Jacques. Car tout ce que Marthe ôtait à son mari, Mme Grangier se l'attribuait, trouvant ses scrupules sublimes. Sublimes, ils l'étaient, mais pour moi.

Les jours où Marthe se prétendait le plus malade, elle exigeait de sortir. Jacques savait bien que ce n'était pas pour le plaisir de l'accompagner. Marthe, ne pouvant confier à personne les lettres à mon adresse, les mettait elle-même à la poste.

Je me félicitai encore plus de mon silence, car, si j'avais pu lui écrire, en réponse au récit des tortures qu'elle infligeait, je fusse intervenu en faveur de la victime. A certains moments, je m'épouvantais du mal dont j'étais l'auteur; à d'autres, je me disais que Marthe ne punirait jamais assez Jacques du crime de me l'avoir prise vierge. Mais comme rien ne nous rend moins "sentimental" que la passion, j'étais, somme toute, ravi de ne pouvoir écrire et qu'ainsi Marthe continuât de désespérer Jacques.

Il repartit sans courage.

Tous mirent cette crise sur le compte de la solitude énervante dans laquelle vivait Marthe. Car ses parents et son mari étaient les seuls à ignorer notre liaison, les propriétaires n'osant rien apprendre à Jacques par respect pour l'uniforme. Mme Grangier se félicitait déjà de retrouver sa fille, et qu'elle vécût comme avant son mariage. Aussi les Grangier n'en revinrent-ils pas lorsque Marthe, le lendemain du départ de Jacques, annonça qu'elle retournait à J...

Je l'y revis le jour même. D'abord, je la grondai mollement d'avoir été si méchante. Mais quand je lus la première lettre de Jacques, je fus pris de panique. Il disait combien, s'il n'avait plus l'amour de Marthe, il lui serait facile de se faire tuer.

Je ne démêlai pas le "chantage". Je me vis responsable d'une mort, oubliant que je l'avais souhaitée. Je devins encore plus incompréhensible et plus injuste. De quelque côté que nous nous tournions s'ouvrait une blessure. Marthe avait beau me répéter qu'il était moins inhumain de ne plus flatter l'espoir de Jacques, c'est moi qui l'obligeais de répondre avec douceur. C'est moi qui dictais à sa femme les seules lettres tendres qu'il en ait jamais reçues. Elle les écrivait en se cabrant, en pleurant, mais je la menaçais de ne jamais revenir, si elle n'obéissait pas. Que Jacques me dût ses seules joies atténuait mes remords.

Je vis combien son désir de suicide était superficiel, à l'espoir qui débordait de ses lettres, en réponse aux *nôtres*.

J'admirais mon attitude, vis-à-vis du pauvre Jacques, alors que j'agissais par égoïsme et par crainte d'avoir un crime sur la conscience.

Une période heureuse succéda au drame. Hélas! un sentiment de provisoire subsistait. Il tenait à mon âge et à ma nature veule. Je n'avais de volonté pour rien, ni pour fuir Marthe qui peut-être m'oublierait, et retournerait au devoir, ni pour pousser Jacques dans la mort. Notre union était donc à la merci de la paix, du retour définitif des troupes. Qu'il chasse sa femme, elle me resterait. Qu'il la garde, je me sentais incapable de la lui reprendre de force. Notre bonheur était un château de sable. Mais ici la marée n'étant pas à heure fixe, j'espérais qu'elle monterait le plus tard possible.

Maintenant, c'est Jacques, charmé, qui défendait Marthe contre sa mère, mécontente du retour à J... Ce retour, l'aigreur aidant, avait du reste éveillé chez Mme Grangier quelques soupçons. Autre chose lui paraissait suspect: Marthe refusait d'avoir des domestiques, au grand scandale de sa famille, et, encore plus, de sa belle-famille. Mais que pouvaient parents et beaux-parents contre Jacques devenu notre allié, grâce aux raisons que je lui donnais par l'intermédiaire de Marthe.

C'est alors que J... ouvrit le feu sur elle.

Les propriétaires affectaient de ne plus lui parler. Personne ne la saluait. Seuls les fournisseurs étaient professionnellement tenus à moins de morgue. Aussi, Marthe, sentant quelquefois le besoin d'échanger des paroles, s'attardait dans les boutiques. Lorsque j'étais chez elle, si elle s'absentait pour acheter du lait et des gâteaux, et qu'au bout de cinq minutes elle ne fût pas de retour, l'imaginant sous un tramway, je courais à toutes jambes jusque chez la crémière ou le pâtissier. Je l'y trouvais causant avec eux. Fou de m'être laissé prendre à mes angoisses nerveuses, aussitôt dehors, je m'emportais. Je l'accusais d'avoir des goûts vulgaires, de trouver un charme à la conversation des fournisseurs. Ceux-ci, dont j'interrompais les propos, me détestaient.

L'étiquette des cours est assez simple, comme tout ce qui est noble. Mais rien n'égale en énigmes le protocole des petites gens. Leur folie des préséances se fonde, d'abord, sur l'âge. Rien ne les choquerait plus que la révérence d'une vieille duchesse à quelque jeune prince. On devine la haine du pâtissier, de la crémière, à voir un gamin interrompre leurs rapports familiers avec Marthe. Ils lui eussent à elle trouvé mille excuses, à cause de ces conversations.

Les propriétaires avaient un fils de vingt-deux ans. Il vint en permission. Marthe l'invita à prendre le thé.

Le soir, nous entendîmes des éclats de voix: on lui défendait de revoir la locataire. Habitué à ce que mon père ne mît son veto à aucun de mes actes, rien ne m'étonna plus que l'obéissance du dädais.

Le lendemain, comme nous traversions le jardin, il bêchait. Sans doute était-ce un pensum.[39] Un peu gêné, malgré tout, il détourna la tête pour ne pas avoir à dire bonjour.

Ces escarmouches peinaient Marthe; assez intelligente et assez amoureuse pour se rendre compte que le bonheur ne réside pas dans la considération des voisins, elle était comme ces poètes qui savent que la vraie poésie est chose "maudite", mais qui, malgré leur certitude, souffrent parfois de ne pas obtenir les suffrages qu'ils méprisent.[40]

Les conseillers municipaux jouent toujours un rôle dans mes aventures. M. Marin qui habitait en dessous de chez Marthe, vieillard à barbe grise et de stature noble, était un ancien conseiller municipal de J... Retiré dès avant la guerre, il aimait servir la patrie, lorsque l'occasion se présentait à portée de sa main. Se contentant de désapprouver la politique communale, il vivait avec sa femme, ne recevant et ne rendant de visites qu'aux approches de la nouvelle année.

Depuis quelques jours, un remue-ménage se faisait au-dessous, d'autant plus distinct que nous entendions, de notre chambre, les moindres bruits du rez-de-chaussée. Des frotteurs vinrent. La bonne, aidée par celle du propriétaire, astiquait l'argenterie dans le jardin, ôtait le vert-de-gris des suspensions de cuivre. Nous sûmes par la crémière qu'un raout-surprise se préparait chez les Marin, sous un mystérieux prétexte. Mme Marin était allée inviter le maire et le supplier de lui accorder huit litres de lait. Autoriserait-il aussi la marchande à faire de la crème?

Les permis accordés, le jour venu (un vendredi), une quinzaine de notables parurent à l'heure dite avec leurs femmes, chacune fondatrice d'une société d'allaitement maternel ou de secours aux blessés, dont elle était présidente, et, les autres, sociétaires. La maîtresse de cette maison, pour faire "genre",[41] recevait devant la porte. Elle avait profité de l'attraction mystérieuse pour transformer son raout en pique-nique. Toutes ces dames prêchaient l'économie et inventaient des recettes. Aussi, leurs douceurs étaient-elles des gâteaux sans farine, des crèmes au lichen, etc. Chaque nouvelle arrivante disait à Mme Marin: "Oh! ça ne paie pas de mine, mais je crois que ce sera bon tout de même."

M. Marin, lui, profitait de ce raout pour préparer sa "rentrée politique".

Or, la surprise, c'était Marthe et moi. La charitable indiscrétion d'un de mes camarades de chemin de fer, le fils d'un des notables, me l'apprit. Jugez de ma stupeur quand je sus que la distraction des Marin était de se tenir sous notre chambre vers la fin de l'après-midi et de surprendre nos caresses.

Sans doute y avaient-ils pris goût et voulaient-ils publier leurs plaisirs. Bien entendu, les Marin, gens respectables, mettaient ce dévergondage sur le compte de la morale. Ils voulaient faire partager leur révolte par tout ce que la commune comptait de gens comme il faut.

Les invités étaient en place. Mme Marin me savait chez Marthe et avait dressé la table sous sa chambre. Elle piaffait. Elle eût voulu la canne du régisseur pour annoncer le spectacle.[42] Grâce à l'indiscrétion du jeune homme, qui trahissait pour mystifier sa famille et par solidarité d'âge, nous gardâmes le silence. Je n'avais pas osé dire à Marthe le motif du pique-nique. Je pensais au visage décomposé de Mme Marin, les yeux sur les aiguilles de l'horloge, et à l'impatience de ses hôtes. Enfin, vers sept heures, les couples se retirèrent bredouilles, traitant tout bas les Marin d'imposteurs et le pauvre M. Marin, âgé de soixante-dix ans, d'arriviste. Ce futur conseiller vous promettait monts et merveilles, et n'attendait même pas d'être élu pour manquer à ses promesses. En ce qui concernait Mme Marin, ces dames virent dans le raout un moyen avantageux pour elle de se fournir du dessert. Le maire, en personnage, avait paru juste quelques minutes; ces quelques minutes et les huit litres de lait firent chuchoter qu'il était du dernier bien avec la fille des Marin, institutrice à l'école. Le mariage de Mlle Marin avait jadis fait scandale, paraissant peu digne d'une institutrice, car elle avait épousé un sergent de ville.[43]

Je poussai la malice jusqu'à leur faire entendre ce qu'ils eussent souhaité faire entendre aux autres. Marthe s'étonna de cette tardive ardeur. Ne pouvant plus y tenir, et au risque de la chagriner, je lui dis quel était le but du raout. Nous en rîmes ensemble aux larmes.

Mme Marin, peut-être indulgente si j'eusse servi ses plans, ne nous pardonna pas son désastre. Il lui donna de la haine. Mais elle ne pouvait l'assouvir, ne disposant plus de moyens, et n'osant user de lettres anonymes.

en français moderne.

$

Nous étions au mois de mai. Je rencontrais moins Marthe chez elle et n'y couchais que si je pouvais inventer chez moi un mensonge pour y rester le matin. Je l'inventais une ou deux fois la semaine. La perpétuelle réussite de mon mensonge me surprenait. En réalité, mon père ne me croyait pas. Avec une folle indulgence il fermait les yeux, à la seule condition que ni mes frères ni les domestiques ne l'apprissent. Il me suffisait donc de dire que je partais à cinq heures du matin, <u>comme</u> le jour de ma promenade à la forêt de Sénart. <u>Mais ma mère ne préparait plus de panier.</u> SHE KNOWS HE WON'T SLEEP THERE.

Mon père supportait tout, puis, sans transition, se cabrant, me reprochait ma paresse. Ces scènes se déchaînaient et se calmaient vite, <u>comme</u> les vagues.

Rien n'absorbe plus que l'amour. On n'est pas paresseux, parce que, étant amoureux, on paresse. L'amour sent confusément que son seul dérivatif réel est le travail. Aussi le considère-t-il comme un rival. Et il n'en supporte aucun. Mais l'amour est paresse bienfaisante, <u>comme</u> la molle pluie qui <u>féconde</u>. FERTILIZE

Si la jeunesse est niaise, c'est faute d'avoir été paresseuse. Ce qui infirme nos systèmes d'éducation, c'est qu'ils s'adressent aux médiocres, à cause du nombre. Pour un esprit en marche, la paresse n'existe pas. Je n'ai jamais plus appris que dans ces longues journées qui, pour un témoin, eussent semblé vides, et où j'observais mon cœur novice <u>comme</u> un parvenu observe ses gestes à table.

Quand je ne couchais pas chez Marthe, c'est-à-dire presque tous les jours, nous nous promenions après dîner, le long de la Marne, jusqu'à onze heures. Je détachais le canot de mon père. Marthe ramait; moi, étendu, j'appuyais ma tête sur ses genoux. Je la gênais. Soudain, un coup de rame, me cognant, me rappelait que cette promenade ne durerait pas toute la vie.

L'amour veut faire partager sa béatitude. Ainsi, une maîtresse de nature assez froide devient caressante, nous embrasse dans le cou, invente mille agaceries, si nous sommes en train d'écrire une lettre. Je n'avais jamais tel désir d'embrasser Marthe que lorsqu'un travail la distrayait de moi; jamais tant envie de toucher à ses cheveux, de la décoiffer, que quand elle se coiffait. Dans le canot, je me précipitais sur elle, la jonchant de baisers, pour qu'elle lâchât ses rames, et que le canot dérivât, prisonnier des herbes, des nénuphars blancs et jaunes. Elle y reconnaissait les signes d'une passion incapable de se contenir, alors que me poussait surtout la manie de déranger, si forte. Puis, nous amarrions le canot derrière les hautes touffes. La crainte d'être visibles ou de chavirer, me rendait nos ébats mille fois plus voluptueux.

Aussi ne me plaignais-je point de l'hostilité des propriétaires qui rendait ma présence chez Marthe très difficile.

Ma soi-disant idée fixe de la posséder comme ne l'avait pu posséder Jacques, d'embrasser un coin de sa peau après lui avoir fait jurer que jamais d'autres lèvres que les miennes ne s'y étaient mises, n'était que du libertinage. Me l'avouais-je? Tout amour comporte sa jeunesse, son âge mûr, sa vieillesse. Étais-je à ce dernier stade où déjà l'amour ne me satisfaisait plus sans certaines recherches? Car si ma volupté s'appuyait sur l'habitude, elle s'avivait de ces mille riens, de ces légères corrections infligées à l'habitude. Ainsi, n'est-ce pas d'abord dans l'augmentation des doses, qui vite deviendraient mortelles, qu'un intoxiqué trouve l'extase, mais dans le rythme qu'il invente, soit en changeant ses heures, soit en usant de supercheries pour dérouter l'organisme.

J'aimais tant cette rive gauche de la Marne, que je fréquentais l'autre, si différente, afin de pouvoir contempler celle que j'aimais. La rive droite est moins molle, consacrée aux maraîchers, aux cultivateurs, alors que la mienne l'est aux oisifs. Nous attachions le canot à un arbre, allions nous étendre au milieu du blé. Le champ, sous la brise du soir, frissonnait. Notre égoïsme, dans sa cachette, oubliait le préjudice, sacrifiant le blé au confort de notre amour, comme nous y sacrifiions Jacques.

Un parfum de provisoire excitait mes sens. D'avoir goûté à des joies plus brutales, plus ressemblantes à celles qu'on éprouve sans amour avec la première venue, affadissait les autres.

J'appréciais déjà le sommeil chaste, libre, le bien-être de se sentir seul dans un lit aux draps frais. J'alléguais des raisons de prudence pour ne plus passer de nuits chez Marthe. Elle admirait ma force de caractère. Je redoutais aussi l'agacement que donne une certaine voix angélique des femmes qui s'éveillent et qui, comédiennes de race, semblent chaque matin sortir de l'au-delà.

Je me reprochais mes critiques, mes feintes, passant mes journées à me demander si j'aimais Marthe plus ou moins que BEFORE naguère. (Mon amour sophistiquait tout*) De même que je traduisais faussement les phrases de Marthe, croyant leur donner un sens plus profond, j'interprétais ses silences. Ai-je toujours eu tort; un certain choc, qui ne se peut décrire, nous prévenant que nous avons touché juste. Mes jouissances, mes angoisses étaient plus fortes. Couché auprès d'elle, l'envie qui me prenait, d'une seconde à l'autre, d'être couché seul, chez mes parents, me faisait augurer l'insupportable d'une vie commune. D'autre part, je ne pouvais imaginer de vivre sans Marthe. Je commençais à connaître le châtiment de l'adultère.

J'en voulais à Marthe d'avoir, avant notre amour, consenti à meubler la maison de Jacques à ma guise. Ces meubles me devinrent odieux, que je n'avais pas choisis pour mon plaisir, mais afin de déplaire à Jacques. Je m'en fatiguais, sans excuses. Je regrettais de n'avoir pas laissé Marthe les choisir seule. Sans doute m'eussent-ils d'abord déplu, mais quel charme, ensuite, de m'y habituer, par amour pour elle. J'étais jaloux que le bénéfice de cette habitude revînt à Jacques.

Marthe me regardait avec de grands yeux naïfs lorsque je lui disais amèrement: "J'espère que, quand nous vivrons

(* MY LOVE MADE ALL COMPLICATED.)

ensemble, nous ne garderons pas ces meubles." Elle respectait tout ce que je disais. Croyant que j'avais oublié que ces meubles venaient de moi, elle n'osait me le rappeler. Elle se lamentait intérieurement de ma mauvaise mémoire.

Dans les premiers jours de juin, Marthe reçut une lettre de Jacques où, enfin, il ne l'entretenait pas que de son amour. Il était malade. On l'évacuait à l'hôpital de Bourges. Je ne me réjouissais pas de le savoir malade, mais qu'il eût quelque chose à dire me soulageait. Passant par J..., le lendemain ou le surlendemain, il suppliait Marthe qu'elle guettât son train sur le quai de la gare. Marthe me montra cette lettre. Elle attendait un ordre.

L'amour lui donnait une nature d'esclave. Aussi, en face d'une telle servitude préambulaire, avais-je du mal à ordonner ou défendre. Selon moi, mon silence voulait dire que je consentais. Pouvais-je l'empêcher d'apercevoir son mari pendant quelques secondes? Elle garda le même silence. Donc, par une espèce de convention tacite, je n'allai pas chez elle le lendemain.

Le surlendemain matin, un commissionnaire m'apporta chez mes parents un mot qu'il ne devait remettre qu'à moi. Il était de Marthe. Elle m'attendait au bord de l'eau. Elle me suppliait de venir, si j'avais encore de l'amour pour elle.

Je courus jusqu'au banc sur lequel Marthe m'attendait. Son bonjour, si peu en rapport avec le style de son billet, me glaça. Je crus son cœur changé.

Simplement, Marthe avait pris mon silence de l'avant-veille pour un silence hostile. Elle n'avait pas imaginé la moindre convention tacite. A des heures d'angoisse succédait le grief de me voir en vie, puisque seule la mort eût dû m'empêcher de venir hier. Ma stupeur ne pouvait se feindre. Je lui expliquai ma réserve, mon respect pour ses devoirs envers Jacques malade. Elle me crut à demi. J'étais irrité. Je faillis lui dire: "Pour une fois que je ne mens pas..." Nous pleurâmes.

Mais ces confuses parties d'échecs sont interminables, épuisantes, si l'un des deux n'y met bon ordre. En somme, l'attitude de Marthe envers Jacques n'était pas flatteuse. Je l'embrassai, la berçai. "Le silence, dis-je, ne nous réussit pas." Nous nous promîmes de ne rien nous celer de nos pensées secrètes, moi la plaignant un peu de croire que c'est chose possible.

A J..., Jacques avait cherché des yeux Marthe, puis le train passant devant leur maison, il avait vu les volets ouverts. Sa lettre la suppliait de le rassurer. Il lui demandait de venir à Bourges. "Il faut que tu partes", dis-je, de façon que cette simple phrase ne sentît pas le reproche.

— J'irai, dit-elle, si tu m'accompagnes.

C'était pousser trop loin l'inconscience. Mais ce qu'exprimaient d'amour ses paroles, ses actes les plus choquants, me conduisait vite de la colère à la gratitude. Je me cabrai. Je me calmai. Je lui parlai doucement, ému par sa naïveté. Je la traitais comme un enfant qui demande la lune.

Je lui représentai combien il était immoral qu'elle se fît accompagner par moi. Que ma réponse ne fût pas orageuse, comme celle d'un amant outragé, sa portée s'en accrut. Pour la première fois, elle m'entendait prononcer le mot de "morale". Ce mot vint à merveille, car, si peu méchante, elle devait bien connaître des crises de doute, comme moi, sur la moralité de notre amour. Sans ce mot, elle eût pu me croire amoral, étant fort bourgeoise, malgré sa révolte contre les excellents préjugés bourgeois. Mais, au contraire, puisque, pour la première fois, je la mettais en garde, c'était une preuve que jusqu'alors je considérais que nous n'avions rien fait de mal.

Marthe regrettait cette espèce de voyage de noces scabreux. Elle comprenait, maintenant, ce qu'il y avait d'impossible.

— Du moins, dit-elle, permets-moi de ne pas y aller.

Ce mot de "morale" prononcé à la légère m'instituait son directeur de conscience. J'en usai comme ces despotes qui se grisent d'un pouvoir nouveau. La puissance ne se montre que si l'on en use avec injustice. Je répondis donc que je ne voyais aucun crime à ce qu'elle n'allât pas à Bourges. Je lui trouvai des motifs qui la persuadèrent: fatigue du voyage, proche convalescence de Jacques. Ces motifs l'innocentaient, sinon aux yeux de Jacques, du moins vis-à-vis de sa belle-famille.

A force d'orienter Marthe dans un sens qui me convenait, je la façonnais peu à peu à mon image. C'est de quoi je m'accusais, et de détruire sciemment notre bonheur. Qu'elle me ressemblât, et que ce fût mon œuvre, me ravissait et me fâchait. J'y voyais une raison de notre entente. J'y discernais aussi la cause de désastres futurs. En effet, je lui avais peu à peu communiqué mon incertitude, qui, le jour des décisions, l'empêcherait d'en prendre aucune. Je la sentais comme moi les mains molles, espérant que la mer épargnerait le château de sable, tandis que les autres enfants s'empressent de bâtir plus loin.

Il arrive que cette ressemblance morale déborde sur le physique. Regard, démarche: plusieurs fois, des étrangers nous prirent pour frère et sœur. C'est qu'il existe en nous des germes de ressemblance que développe l'amour. Un geste, une inflexion de voix, tôt ou tard, trahissent les amants les plus prudents.

Il faut admettre que si le cœur a ses raisons que la raison ne connaît pas, c'est que celle-ci est moins raisonnable que notre cœur. Sans doute, sommes-nous tous des Narcisse,[44] aimant et détestant leur image, mais à qui toute autre est indifférente. C'est cet instinct de ressemblance qui nous mène dans la vie, nous criant "halte!" devant un paysage, une femme, un poème. Nous pouvons en admirer d'autres, sans ressentir ce choc. L'instinct de ressemblance est la seule ligne de conduite qui ne soit pas artificielle. Mais dans la société, seuls les esprits grossiers sembleront ne point pécher contre la morale, poursuivant toujours le même type. Ainsi certains hommes s'acharnent sur les "blondes", ignorant que souvent les ressemblances les plus profondes sont les plus secrètes.

→ TO ICI.

HIPPY

64

Marthe, depuis quelques jours, semblait distraite, sans tristesse.
Distraite, avec tristesse, j'aurais pu m'expliquer sa préoccu-
pation par l'approche du quinze juillet, date à laquelle il lui
faudrait rejoindre la famille de Jacques, et Jacques en convalescence, sur une plage de la Manche. A son tour, Marthe se
taisait, sursautant au bruit de ma voix. Elle supportait
l'insupportable: visites de famille, avanies, sous-entendus
aigres de sa mère, bonhommes de son père, qui lui supposait
un amant, sans y croire.

Pourquoi supportait-elle tout? Etait-ce la suite de mes
leçons lui reprochant d'attacher trop d'importance aux choses,
de s'affecter des moindres? Elle paraissait heureuse, mais d'un
bonheur singulier, dont elle ressentait de la gêne, et qui m'était
désagréable, puisque je ne le partageais pas. Moi qui trouvais
enfantin que Marthe découvrît dans mon mutisme une preuve
d'indifférence, à mon tour, je l'accusais de ne plus m'aimer,
parce qu'elle se taisait.

Marthe n'osait pas m'apprendre qu'elle était enceinte.

J'eusse voulu paraître heureux de cette nouvelle. Mais d'abord elle me stupéfia. N'ayant jamais pensé que je pouvais devenir responsable de quoi que ce fût, je l'étais du pire. J'enrageais aussi de n'être pas assez homme pour trouver la chose simple. Marthe n'avait parlé que contrainte. Elle tremblait que cet instant qui devait nous rapprocher nous séparât. Je mimai si bien l'allégresse que ses craintes se dissipèrent. Elle gardait les traces profondes de la morale bourgeoise, et cet enfant signifiait pour elle que Dieu récompenserait notre amour, qu'il ne punissait aucun crime.

Alors que Marthe trouvait maintenant dans sa grossesse une raison pour que je ne la quittasse jamais, cette grossesse me consterna. A notre âge, il me semblait impossible, injuste, que nous eussions un enfant qui entraverait notre jeunesse. Pour la première fois, je me rendais à des craintes d'ordre matériel: nous serions abandonnés de nos familles.

Aimant déjà cet enfant, c'est par amour que je le repoussais. Je ne me voulais pas responsable de son existence dramatique. J'eusse été moi-même incapable de la vivre.

L'instinct est notre guide; un guide qui nous conduit à notre perte. Hier, Marthe redoutait que sa grossesse nous éloignât l'un de l'autre. Aujourd'hui, qu'elle ne m'avait jamais tant aimé, elle croyait que mon amour grandissait comme le sien. Moi, hier, repoussant cet enfant, je commençais aujourd'hui à l'aimer et j'ôtais de l'amour à Marthe, de même qu'au début de notre liaison mon cœur lui donnait ce qu'il retirait aux autres.

Maintenant, posant ma bouche sur le ventre de Marthe, ce n'était plus elle que j'embrassais, c'était mon enfant. Hélas! Marthe n'était plus ma maîtresse, mais une mère.

Je n'agissais plus jamais comme si nous étions seuls. Il y avait toujours un témoin près de nous, à qui nous devions rendre compte de nos actes. Je pardonnais mal ce brusque changement dont je rendais Marthe seule responsable, et pourtant, je sentais que je lui aurais moins encore pardonné si elle m'avait menti. A certaines secondes, je croyais que Marthe mentait pour faire durer un peu plus notre amour, mais que son fils n'était pas le mien.

Comme un malade qui recherche le calme, je ne savais de quel côté me tourner. Je sentais ne plus aimer la même Marthe et que mon fils ne serait heureux qu'à la condition de se croire celui de Jacques. Certes, ce subterfuge me consternait. Il faudrait renoncer à Marthe. D'autre part, j'avais beau me trouver un homme, le fait actuel était trop grave pour que je me rengorgeasse jusqu'à croire possible une aussi folle (je pensais: une aussi sage) existence.

1967   12ᵗ JULY.

the best day in HISTORY.

Car, enfin, Jacques reviendrait. Après cette période extra-ordinaire, il retrouverait, comme tant d'autres soldats trompés à cause des circonstances exceptionnelles, une épouse triste, docile, dont rien ne décèlerait l'inconduite. Mais cet enfant ne pouvait s'expliquer pour son mari que si elle supportait son contact aux vacances. Ma lâcheté l'en supplia.

De toutes nos scènes, celle-ci ne fut ni la moins étrange ni la moins pénible. Je m'étonnai du reste de rencontrer si peu de lutte. J'en eus l'explication plus tard. Marthe n'osait m'avouer une victoire de Jacques à sa dernière permission et comptait, feignant de m'obéir, se refuser au contraire à lui, à Granville,[45] sous prétexte des malaises de son état. Tout cet échafaudage se compliquait de dates dont la fausse coïncidence, lors de l'accouchement, ne laisserait de doutes à personne. "Bah! me disais-je, nous avons du temps devant nous. Les parents de Marthe redouteront le scandale. Ils l'emmèneront à la campagne et retarderont la nouvelle."

La date du départ de Marthe approchait. Je ne pouvais que bénéficier de cette absence. Ce serait un essai. J'espérais me guérir de Marthe. Si je n'y parvenais pas, si mon amour était trop vert pour se détacher de lui-même, je savais bien que je retrouverais Marthe aussi fidèle.

Elle partit le douze juillet, à sept heures du matin. Je restai à J... la nuit précédente. En y allant, je me promettais de ne pas fermer l'œil de la nuit. Je ferais une telle provision de caresses, que je n'aurais plus besoin de Marthe pour le reste de mes jours.

Un quart d'heure après m'être couché, je m'endormis.

En général, la présence de Marthe troublait mon sommeil. Pour la première fois, à côté d'elle, je dormis aussi bien que si j'eusse été seul.

68

A mon réveil, elle était déjà debout. Elle n'avait pas osé me réveiller. Il ne me restait plus qu'une demi-heure avant le train. J'enrageais d'avoir laissé perdre par le sommeil les dernières heures que nous avions à passer ensemble. Elle pleurait aussi de partir. Pourtant, j'eusse voulu employer les dernières minutes à autre chose qu'à boire nos larmes.

Marthe me laissait sa clef, me demandant de venir, de penser à nous, et de lui écrire sur sa table

Je m'étais juré de ne pas l'accompagner jusqu'à Paris. Mais, je ne pouvais vaincre mon désir de ses lèvres et, comme je souhaitais lâchement l'aimer moins, je mettais ce désir sur le compte du départ, de cette "dernière fois" si fausse, puisque je sentais bien qu'il n'y aurait de dernière fois sans qu'elle le voulût.

A la gare Montparnasse, où elle devait rejoindre ses beaux-parents, je l'embrassai sans retenue. Je cherchais encore mon excuse dans le fait que, sa belle-famille surgissant, il se produirait un drame décisif.

Revenu à F..., accoutumé à n'y vivre qu'en attendant de me rendre chez Marthe, je tâchai de me distraire. Je bêchai le jardin, j'essayai de lire, je jouai à cache-cache avec mes sœurs, ce qui ne m'était pas arrivé depuis cinq ans. Le soir, pour ne pas éveiller de soupçons, il fallut que j'allasse me promener. D'habitude, jusqu'à la Marne, la route m'était légère. Ce soir-là, je me traînai, les cailloux me tordant le pied et précipitant mes battements de cœur. Étendu dans la barque, je souhaitai la mort, pour la première fois. Mais aussi incapable de mourir que de vivre, je comptais sur un assassin charitable. Je regrettais qu'on ne pût mourir d'ennui, ni de peine. Peu à peu, ma tête se vidait, avec un bruit de baignoire. Une dernière succion, plus longue, la tête est vide. Je m'endormis.

Le froid d'une aube de juillet me réveilla. Je rentrai, transi, chez nous. La maison était grande ouverte. Dans l'anti-chambre mon père me reçut avec dureté. Ma mère avait été un peu malade: on avait envoyé la femme de chambre me réveiller pour que j'allasse chercher le docteur. Mon absence était donc officielle.

Je supportai la scène en admirant la délicatesse instinctive du bon juge qui, entre mille actions d'aspect blâmable, choisit la seule innocente pour permettre au criminel de se justifier. Je ne me justifiai d'ailleurs pas, c'était trop difficile. Je laissai croire à mon père que je rentrais de J..., et, lorsqu'il m'interdit de sortir après le dîner, je le remerciai à part moi d'être encore mon complice et de me fournir une excuse pour ne plus traîner seul dehors.

J'attendais le facteur. C'était ma vie. J'étais incapable du moindre effort pour oublier.

Marthe m'avait donné un coupe-papier, exigeant que je ne m'en servisse que pour ouvrir ses lettres. Pouvais-je m'en servir? J'avais trop de hâte. Je déchirais les enveloppes. Chaque fois, honteux, je me promettais de garder la lettre un quart d'heure, intacte. J'espérais, par cette méthode, pouvoir à la longue reprendre de l'empire sur moi-même, garder les lettres fermées dans ma poche. Je remettais toujours ce régime au lendemain.

Un jour, impatienté par ma faiblesse, et dans un mouvement de rage, je déchirai une lettre sans la lire. Dès que les morceaux de papier eurent jonché le jardin, je me précipitai, à quatre pattes. La lettre contenait une photographie de Marthe. Moi si superstitieux et qui interprétais les faits les plus minces dans un sens tragique, j'avais déchiré ce visage. J'y vis un avertissement du Ciel. Mes transes ne se calmèrent qu'après avoir passé quatre heures à recoller la lettre et le portrait. Jamais je n'avais fourni un tel effort. La crainte qu'il arrivât malheur à Marthe me soutint pendant ce travail absurde qui me brouillait les yeux et les nerfs.

Un spécialiste avait recommandé les bains de mer à Marthe. Tout en m'accusant de méchanceté, je les lui défendis, ne voulant pas que d'autres que moi pussent voir son corps.

Du reste, puisque de toute manière Marthe devait passer un mois à Granville, je me félicitais de la présence de Jacques. Je me rappelais sa photographie en blanc que Marthe m'avait montrée le jour des meubles. Rien ne me faisait plus peur que les jeunes hommes, sur la plage. D'avance, je les jugeais plus beaux, plus forts, plus élégants que moi.

Son mari la protégerait contre eux.

A certaines minutes de tendresse, comme un ivrogne qui embrasse tout le monde, je rêvassais d'écrire à Jacques, de lui avouer que j'étais l'amant de Marthe, et, m'autorisant de ce titre, de la lui recommander. Parfois, j'enviais Marthe, adorée par Jacques et par moi. Ne devions-nous pas chercher ensemble à faire son bonheur? Dans ces crises, je me sentais amant complaisant.[46] J'eusse voulu connaître Jacques, lui expliquer les choses, et pourquoi nous ne devions pas être jaloux l'un de l'autre. Puis, tout à coup, la haine redressait cette pente douce.

Dans chaque lettre, Marthe me demandait d'aller chez elle. Son insistance me rappelait celle d'une de mes tantes fort dévote, me reprochant de ne jamais aller sur la tombe de ma grand-mère. Je n'ai pas l'instinct du pèlerinage. Ces devoirs ennuyeux localisent la mort, l'amour.

Ne peut-on penser à une morte, ou à sa maîtresse absente, ailleurs qu'en un cimetière, ou dans certaine chambre? Je n'essayais pas de l'expliquer à Marthe et lui racontais que je me rendais chez elle; de même, à ma tante, que j'étais allé au cimetière. Pourtant, je devais aller chez Marthe; mais dans de singulières circonstances.

Je rencontrai un jour sur le réseau cette jeune fille suédoise à laquelle ses correspondants défendaient de voir Marthe. Mon isolement me fit prendre goût aux enfantillages de cette petite personne. Je lui proposai de venir goûter à J..., en cachette, le lendemain. Je lui cachai l'absence de Marthe, pour qu'elle ne s'effarouchât pas, et ajoutai même combien elle serait heureuse de la revoir. J'affirme que je ne savais au juste ce que je comptais faire. J'agissais comme ces enfants qui, liant connaissance, cherchent à s'étonner entre eux. Je ne résistais pas à voir surprise ou colère sur la figure d'ange de Svéa, quand je serais tenu de lui apprendre l'absence de Marthe.

Oui, c'était sans doute ce plaisir puéril d'étonner, parce que je ne trouvais rien à lui dire de surprenant, tandis qu'elle bénéficiait d'une sorte d'exotisme et me surprenait à chaque phrase. Rien de plus délicieux que cette soudaine intimité entre personnes qui se comprennent mal. Elle portait au cou une petite croix d'or, émaillée de bleu, qui pendait sur une robe assez laide que je réinventais à mon goût. Une véritable poupée vivante. Je sentais croître mon désir de renouveler ce tête-à-tête ailleurs qu'en un wagon.

Ce qui gâtait un peu son air de couventine, c'était l'allure d'une élève de l'école Pigier,[47] où d'ailleurs elle étudiait une heure par jour, sans grand profit, le français et la machine à écrire. Elle me montra ses devoirs dactylographiés. Chaque lettre était une faute, corrigée en marge par le professeur. Elle sortit d'un sac à main affreux, évidemment son œuvre, un étui à cigarettes orné d'une couronne comtale. Elle m'offrit une cigarette. Elle ne fumait pas, mais portait toujours cet étui, parce que ses amies fumaient. Elle me parlait de coutumes suédoises que je feignais de connaître: nuit de la Saint-Jean, confitures de myrtilles. Ensuite, elle tira de son sac une photographie de sa sœur jumelle, envoyée de Suède la veille: à cheval, toute nue, avec sur la tête un chapeau haut de forme de leur grand-père. Je devins écarlate. Sa sœur lui ressemblait tellement que je la soupçonnais de rire de moi, et de montrer sa propre image. Je me mordais les lèvres, pour calmer leur envie d'embrasser cette espiègle naïve. Je dus avoir une expression bien bestiale, car je la vis peureuse, cherchant des yeux le signal d'alarme.

COMPARES HER TO FRUIT.

Le lendemain, elle arriva chez Marthe à quatre heures. Je lui dis que Marthe était à Paris mais rentrerait vite. J'ajoutai: "Elle m'a défendu de vous laisser partir avant son retour." Je comptais ne lui avouer mon stratagème que trop tard.

Heureusement, elle était gourmande. Ma gourmandise à moi prenait une forme inédite. Je n'avais aucune faim pour la tarte, la glace à la framboise, mais souhaitais être tarte et glace dont elle approchât la bouche. Je faisais avec la mienne des grimaces involontaires.

Ce n'est pas par vice que je convoitais Svéa, mais par gourmandise. Ses joues m'eussent suffi, à défaut de ses lèvres.

Je parlais en prononçant chaque syllabe pour qu'elle comprît bien. Excité par cette amusante dînette, je m'énervais, moi toujours silencieux, de ne pouvoir parler vite. J'éprouvais un besoin de bavardage, de confidences enfantines. J'approchais mon oreille de sa bouche. Je buvais ses petites paroles.

Je l'avais contrainte à prendre une liqueur. Après, j'eus pitié d'elle comme d'un oiseau qu'on grise.

J'espérais que sa griserie servirait mes desseins, car peu m'importait qu'elle me donnât ses lèvres de bon cœur ou non.

73

Je pensai à l'inconvenance de cette scène chez Marthe, mais, me répétai-je, en somme, je ne retire rien à notre amour. Je désirais Svéa comme un fruit, ce dont une maîtresse ne peut être jalouse.

Je tenais sa main dans mes mains qui m'apparurent pataudes. J'aurais voulu la déshabiller, la bercer. Elle s'étendit sur le divan. Je me levai, me penchai à l'endroit où commençaient ses cheveux, duvet encore. Je ne concluais pas de son silence que mes baisers lui fissent plaisir; mais, incapable de s'indigner, elle ne trouvait aucune façon polie de me repousser en français. Je mordillais ses joues, m'attendant à ce qu'un jus sucré jaillisse, comme des pêches.

Enfin, j'embrassai sa bouche. Elle subissait mes caresses, patiente victime, fermant cette bouche et les yeux. Son seul geste de refus consistait à remuer faiblement la tête de droite à gauche, et de gauche à droite. Je ne me méprenais pas, mais ma bouche y trouvait l'illusion d'une réponse. Je restais auprès d'elle comme je n'avais jamais été auprès de Marthe. Cette résistance qui n'en était pas une flattait mon audace et ma paresse. J'étais assez naïf pour croire qu'il en irait de même ensuite et que je bénéficierais d'un viol facile.

Je n'avais jamais déshabillé de femmes; j'avais plutôt été déshabillé par elles. Aussi je m'y pris maladroitement, commençant par ôter ses souliers et ses bas. Je baisais ses pieds et ses jambes. Mais quand je voulus dégrafer son corsage, Svéa se débattit comme un petit diable qui ne veut pas aller se coucher et qu'on dévêt de force. Elle me rouait de coups de pied. J'attrapais ses pieds au vol, je les emprisonnais, les baisais. Enfin, la satiété arriva, comme la gourmandise s'arrête après trop de crème et de friandises. Il fallut bien que je lui apprisse ma supercherie, et que Marthe était en voyage. Je lui fis promettre, si elle rencontrait Marthe, de ne jamais lui raconter notre entrevue. Je ne lui avouai pas que j'étais son amant, mais le lui laissai entendre. Le plaisir du mystère lui fit répondre "à demain" quand, rassasié d'elle, je lui demandai par politesse si nous nous reverrions un jour.

Je ne retournai pas chez Marthe. Et peut-être Svéa ne vint-elle pas sonner à la porte close. Je sentais combien blâmable pour la morale courante était ma conduite. Car sans doute sont-ce les circonstances qui m'avaient fait paraître Svéa si précieuse. Ailleurs que dans la chambre de Marthe, l'eussé-je désirée?

Mais je n'avais pas de remords. Et ce n'est pas en pensant à Marthe que je délaissai la petite Suédoise, mais parce que j'avais tiré d'elle tout le sucre.

Quelques jours après, je reçus une lettre de Marthe. Elle en contenait une de son propriétaire, lui disant que sa maison n'était pas une maison de rendez-vous, quel usage je faisais de la clef de son appartement, où j'avais emmené une femme. "J'ai une preuve de ta traîtrise", ajoutait Marthe. Elle ne me reverrait jamais. Sans doute souffrirait-elle, mais elle préférait souffrir que d'être dupe.

Je savais ces menaces anodines, et qu'il suffirait d'un mensonge, ou même au besoin de la vérité, pour les anéantir. Mais il me vexait que, dans une lettre de rupture, Marthe ne me parlât pas de suicide. Je l'accusai de froideur. Je trouvai sa lettre indigne d'une explication. Car moi, dans une situation analogue, sans penser au suicide, j'aurais cru, par convenance, en devoir menacer Marthe. Trace indélébile de l'âge et du collège: je croyais certains mensonges commandés par le code passionnel.

Une besogne neuve, dans mon apprentissage de l'amour, se présentait: m'innocenter vis-à-vis de Marthe, et l'accuser d'avoir moins de confiance en moi qu'en son propriétaire. Je lui expliquai combien habile était cette manœuvre de la coterie Marin. En effet, Svéa était venue la voir un jour où j'écrivais chez elle, et si j'avais ouvert c'est parce que, ayant aperçu la jeune fille par la fenêtre, et sachant qu'on l'éloignait de Marthe, je ne voulais pas lui laisser croire que Marthe lui tenait rigueur de cette pénible séparation. Sans doute, venait-elle en cachette et au prix de difficultés sans nombre.

Ainsi pouvais-je annoncer à Marthe que le cœur de Svéa lui demeurait intact. Et je terminais en exprimant le réconfort d'avoir pu parler de Marthe, chez elle, avec sa plus intime compagne.

Cette alerte me fit maudire l'amour qui nous force à rendre compte de nos actes, alors que j'eusse tant aimé n'en jamais rendre compte, à moi pas plus qu'aux autres.

Il faut pourtant, me disais-je, que l'amour offre de grands avantages puisque tous les hommes remettent leur liberté entre ses mains. Je souhaitais d'être vite assez fort pour me passer d'amour et, ainsi, n'avoir à sacrifier aucun de mes désirs. J'ignorais que servitude pour servitude, il vaut encore mieux être asservi par son cœur que l'esclave de ses sens.

Comme l'abeille butine et enrichit la ruche, — de tous ses désirs qui le prennent dans la rue —, un amoureux enrichit son amour. Il en fait bénéficier sa maîtresse. Je n'avais pas encore découvert cette discipline qui donne aux natures infidèles, la fidélité. Qu'un homme convoite une fille et reporte cette chaleur sur la femme qu'il aime, son désir plus vif parce qu'insatisfait laissera croire à cette femme qu'elle n'a jamais été mieux aimée. On la trompe, mais la morale, selon les gens, est sauve. A de tels calculs, commence le libertinage. Qu'on ne condamne donc pas trop vite certains hommes capables de tromper leur maîtresse au plus fort de leur amour; qu'on ne les accuse pas d'être frivoles. Ils répugnent à ce subterfuge et ne songent même pas à confondre leur bonheur et leurs plaisirs.

Marthe attendait que je me disculpasse. Elle me supplia de lui pardonner ses reproches. Je le fis, non sans façons. Elle écrivit au propriétaire, le priant ironiquement d'admettre qu'en son absence j'ouvrisse à une de ses amies.

Quand Marthe revint, aux derniers jours d'août, elle n'habita pas J..., mais la maison de ses parents, qui prolongeaient leur villégiature. Ce nouveau décor où Marthe avait toujours vécu me servit d'aphrodisiaque. La fatigue sensuelle, le désir secret du sommeil solitaire, disparurent. Je ne passai aucune nuit chez mes parents. Je flambais, je me hâtais, comme les gens qui doivent mourir jeunes et qui mettent les bouchées doubles. Je voulais profiter de Marthe avant que l'abîmât sa maternité.

Cette chambre de jeune fille, où elle avait refusé la présence de Jacques, était notre chambre. Au-dessus de son lit étroit, j'aimais que mes yeux la rencontrassent en première communiante. Je l'obligeais à regarder fixement une autre image d'elle, bébé, pour que notre enfant lui ressemblât. Je rôdais, ravi, dans cette maison qui l'avait vue naître et s'épanouir. Dans une chambre de débarras, je touchais son berceau, dont je voulais qu'il servît encore, et je lui faisais sortir ses brassières, ses petites culottes, reliques des Grangier.

Je ne regrettais pas l'appartement de J..., où les meubles n'avaient pas le charme du plus laid mobilier des familles. Ils ne pouvaient rien m'apprendre. Au contraire, ici, me parlaient de Marthe tous ces meubles auxquels, petite, elle avait dû se cogner la tête. Et puis, nous vivions seuls, sans conseiller municipal, sans propriétaire. Nous ne nous gênions pas plus que des sauvages, nous promenant presque nus dans le jardin, véritable île déserte. Nous nous couchions sur la pelouse, nous goûtions sous une tonnelle d'aristoloche, de chèvrefeuille, de vigne vierge. Bouche à bouche, nous nous disputions les prunes que je ramassais, toutes blessées, tièdes de soleil. Mon père n'avait jamais pu obtenir que je m'occupasse de mon jardin, comme mes frères, mais je soignais celui de Marthe. Je ratissais, j'arrachais les mauvaises herbes. Au soir d'une journée chaude, je ressentais le même orgueil d'homme, si enivrant, à étancher

77

la soif de la terre, des fleurs suppliantes, qu'à satisfaire le désir d'une femme. J'avais toujours trouvé la bonté un peu niaise: je comprenais toute sa force. Les fleurs s'épanouissant grâce à mes soins, les poules dormant à l'ombre après que je leur avais jeté des graines: que de bonté? — Que d'égoïsme! Des fleurs mortes, des poules maigres eussent mis de la tristesse dans notre île d'amour. Eau et graines venant de moi s'adressaient plus à moi qu'aux fleurs et qu'aux poules.

Dans ce renouveau du cœur, j'oubliais ou je méprisais mes récentes découvertes. Je prenais le libertinage provoqué par le contact avec cette maison de famille pour la fin du libertinage. Aussi, cette dernière semaine d'août et ce mois de septembre furent-ils ma seule époque de vrai bonheur. Je ne trichais, ni ne me blessais, ni ne blessais Marthe. Je ne voyais plus d'obstacles. J'envisageais à seize ans un genre de vie qu'on souhaite à l'âge mûr. Nous vivrions à la campagne; nous y resterions éternellement jeunes.

Étendu contre elle sur la pelouse, caressant sa figure avec un brin d'herbe, j'expliquais lentement, posément, à Marthe, quelle serait notre vie. Marthe, depuis son retour, cherchait un appartement pour nous à Paris. Ses yeux se mouillèrent, quand je lui déclarai que je désirais vivre à la campagne: "Je n'aurais jamais osé te l'offrir, me dit-elle. Je croyais que tu t'ennuierais, seul avec moi, que tu avais besoin de la ville. — Comme tu me connais mal", répondais-je. J'aurais voulu habiter près de Mandres, où nous étions allés nous promener un jour, et où on cultive les roses. Depuis, quand par hasard, ayant dîné à Paris avec Marthe, nous reprenions le dernier train, j'avais respiré ces roses. Dans la cour de la gare, les manœuvres déchargent d'immenses caisses qui embaument. J'avais, toute mon enfance, entendu parler de ce mystérieux train des roses qui passe à une heure où les enfants dorment.

Marthe disait: "Les roses n'ont qu'une saison. Après, ne crains-tu pas de trouver Mandres laide? N'est-il pas sage de choisir un lieu moins beau, mais d'un charme plus égal?"

Je me reconnaissais bien là. L'envie de jouir pendant deux mois des roses me faisait oublier les dix autres mois, et le fait de choisir Mandres m'apportait encore une preuve de la nature éphémère de notre amour.

Souvent, ne dînant pas à F... sous prétexte de promenades ou d'invitations, je restais avec Marthe.

Un après-midi, je trouvai auprès d'elle un jeune homme en uniforme d'aviateur. C'était son cousin. Marthe, que je ne tutoyais pas, se leva et vint m'embrasser dans le cou. Son cousin sourit de ma gêne. "Devant Paul, rien à craindre, mon chéri, dit-elle. Je lui ai tout raconté." J'étais gêné, mais enchanté que Marthe eût avoué à son cousin qu'elle m'aimait. Ce garçon, charmant et superficiel, et qui ne songeait qu'à ce que son uniforme ne fût pas réglementaire, parut ravi de cet amour. Il y voyait une bonne farce faite à Jacques qu'il méprisait pour n'être ni aviateur ni habitué des bars.

Paul évoquait toutes les parties d'enfance dont ce jardin avait été le théâtre. Je questionnais, avide de cette conversation qui me montrait Marthe sous un jour inattendu. En même temps, je ressentais de la tristesse. Car j'étais trop près de l'enfance pour en oublier les jeux inconnus des parents, soit que les grandes personnes ne gardent aucune mémoire de ces jeux, soit qu'elles les envisagent comme un mal inévitable. J'étais jaloux du passé de Marthe.

Comme nous racontions à Paul, en riant, la haine du propriétaire, et le raout des Marin, il nous proposa, mis en verve, sa garçonnière de Paris.

Je remarquai que Marthe n'osa pas lui avouer que nous avions projet de vivre ensemble. On sentait qu'il encourageait notre amour, en tant que divertissement, mais qu'il hurlerait avec les loups le jour d'un scandale.

Marthe se levait de table et servait. Les domestiques avaient suivi Mme Grangier à la campagne, car, toujours par prudence, Marthe prétendait n'aimer vivre que comme Robinson.[48] Ses parents, croyant leur fille romanesque, et que les romanesques sont pareils aux fous qu'il ne faut pas contredire, la laissaient seule.

Nous restâmes longtemps à table. Paul montait les meilleures bouteilles. Nous étions gais, d'une gaieté que nous regretterions sans doute, car Paul agissait en confident d'un adultère quelconque. Il raillait Jacques. En me taisant, je risquai de lui faire sentir son manque de tact; je préférai me joindre au jeu plutôt qu'humilier ce cousin facile.

Lorsque nous regardâmes l'heure, le dernier train pour Paris était passé. Marthe proposa un lit. Paul accepta. Je regardai Marthe d'un tel œil, qu'elle ajouta: "Bien entendu, mon chéri, tu restes." J'eus l'illusion d'être chez moi, époux de Marthe, et de recevoir un cousin de ma femme, lorsque, sur le seuil de notre chambre, Paul nous dit bonsoir, embrassant sa cousine sur les joues le plus naturellement du monde.

A la fin de septembre, je sentis bien que quitter cette maison c'était quitter le bonheur. Encore quelques mois de grâce, et il nous faudrait choisir, vivre dans le mensonge ou dans la vérité, pas plus à l'aise ici que là. Comme il importait que Marthe ne fût pas abandonnée de ses parents, avant la naissance de notre enfant, j'osai enfin m'enquérir si elle avait prévenu Mme Grangier de sa grossesse. Elle me dit que oui, et qu'elle avait prévenu Jacques. J'eus donc une occasion de constater qu'elle me mentait parfois, car, au mois de mai, après le séjour de Jacques, elle m'avait juré qu'il ne l'avait pas approchée.

La nuit descendait de plus en plus tôt; et la fraîcheur des soirs empêchait nos promenades. Il nous était difficile de nous voir à J... Pour qu'un scandale n'éclatât pas, il nous fallait prendre des précautions de voleurs, guetter dans la rue l'absence des Martin et du propriétaire.

La tristesse de ce mois d'octobre, de ces soirées fraîches, mais pas assez froides pour permettre du feu, nous conseillait le lit dès cinq heures. Chez mes parents, se coucher le jour signifiait: être malade, ce lit de cinq heures me charmait. Je n'imaginais pas que d'autres y fussent. J'étais seul avec Marthe, couché, arrêté, au milieu d'un monde actif. Marthe nue, j'osais à peine la regarder. Suis-je donc monstrueux? Je ressentais des remords du plus noble emploi de l'homme. D'avoir abîmé la grâce de Marthe, de voir son ventre saillir, je me considérais comme un vandale. Au début de notre amour, quand je la mordais, ne me disait-elle pas: "Marque-moi"? Ne l'avais-je pas marquée de la pire façon?

Maintenant Marthe ne m'était pas seulement la plus aimée, ce qui ne veut pas dire la mieux aimée des maîtresses, mais elle me tenait lieu de tout. Je ne pensais même pas à mes amis; je les redoutais, au contraire, sachant qu'ils croient nous rendre service en nous détournant de notre route. Heureusement, ils jugent nos maîtresses insupportables et indignes de nous. C'est notre seule sauvegarde. Lorsqu'il n'en va plus ainsi, elles risquent de devenir les leurs.

Mon père commençait à s'effrayer. Mais ayant toujours pris ma défense contre sa sœur et ma mère, il ne voulait pas avoir l'air de se rétracter, et c'est sans rien leur en dire qu'il se ralliait à elles. Avec moi, il se déclarait prêt à tout pour me séparer de Marthe. Il préviendrait ses parents, son mari... Le lendemain, il me laissait libre.

Je devinais ses faiblesses. J'en profitais. J'osais répondre. Je l'accablais dans le même sens que ma mère et ma tante, lui reprochant de mettre trop tard en œuvre son autorité. N'avait-il pas voulu que je connusse Marthe? Il s'accablait à son tour. Une atmosphère tragique circulait dans la maison. Quel exemple pour mes deux frères! Mon père prévoyait déjà ne rien pouvoir leur répondre un jour, lorsqu'ils justifieraient leur indiscipline par la mienne.

Jusqu'alors, il croyait à une amourette, mais, de nouveau, ma mère surprit une correspondance. Elle lui porta triom-phalement ces pièces de son procès. Marthe parlait de notre avenir et de notre enfant!

Ma mère me considérait trop encore comme un bébé, pour me devoir raisonnablement un petit-fils ou une petite-fille. Il lui apparaissait impossible d'être grand-mère à son âge. Au fond, c'était pour elle la meilleure preuve que cet enfant n'était pas le mien.

L'honnêteté peut rejoindre les sentiments les plus vifs. Ma mère, avec sa profonde honnêteté, ne pouvait admettre qu'une femme trompât son mari. Cet acte lui représentait un tel dévergondage qu'il ne pouvait s'agir d'amour. Que je fusse l'amant de Marthe signifiait pour ma mère qu'elle en avait d'autres. Mon père savait combien faux peut être un tel raisonnement, mais l'utilisait pour jeter un trouble dans mon âme, et diminuer Marthe. Il me laissa entendre que j'étais le seul à ne pas "savoir". Je répliquai qu'on la calomniait de la sorte à cause de son amour pour moi. Mon père, qui ne voulait pas que je bénéficiasse de ces bruits, me certifia qu'ils précédaient notre liaison, et même son mariage.

Après avoir conservé à notre maison une façade digne, il perdait toute retenue, et, quand je n'étais pas rentré depuis plusieurs jours, envoyait la femme de chambre chez Marthe, avec un mot à mon adresse, m'ordonnant de rentrer d'urgence; sinon il déclarerait ma fuite à la préfecture de police et poursuivrait Mme L. pour détournement de mineur.[49]

Marthe sauvegardait les apparences, prenait un air surpris, disait à la femme de chambre qu'elle me remettrait l'enveloppe à ma première visite. Je rentrais un peu plus tard, maudissant mon âge. Il m'empêchait de m'appartenir. Mon père n'ouvrait pas la bouche, ni ma mère. Je fouillais le code[50] sans trouver les articles de loi concernant les mineurs. Avec une remarquable inconscience, je ne croyais pas que ma conduite me pût mener en maison de correction. Enfin, après avoir épuisé vainement le code, j'en revins au grand Larousse,[51] où je relus dix fois l'article: "mineur", sans découvrir rien qui nous concernât.

Le lendemain, mon père me laissait libre encore.

Pour ceux qui rechercheraient les mobiles de son étrange conduite, je les résume en trois lignes: il me laissait agir à ma guise. Puis, il en avait honte. Il menaçait, plus furieux contre lui que contre moi. Ensuite, la honte de s'être mis en colère le poussait à lâcher les brides.

Mme Grangier, elle, avait été mise en éveil, à son retour de la campagne, par les insidieuses questions des voisins. Feignant de croire que j'étais un frère de Jacques, ils lui apprenaient notre vie commune. Comme, d'autre part, Marthe ne pouvait se retenir de prononcer mon nom à propos de rien, de rapporter quelque chose que j'avais fait ou dit, sa mère ne resta pas longtemps dans le doute sur la personnalité du frère de Jacques.

Elle pardonnait encore, certaine que l'enfant, qu'elle croyait de Jacques, mettrait un terme à l'aventure. Elle ne raconta rien à M. Grangier, par crainte d'un éclat. Mais elle mettait cette discrétion sur le compte d'une grandeur d'âme dont il importait d'avertir Marthe pour qu'elle lui en sût gré. Afin de prouver à sa fille qu'elle savait tout, elle la harcelait sans cesse, parlait par sous-entendus, et si maladroitement que M. Grangier, seul avec sa femme, la priait de ménager leur pauvre petite, innocente, à qui ces continuelles suppositions finiraient par tourner la tête. A quoi Mme Grangier répondait quelquefois par un simple sourire, de façon à lui laisser entendre que leur fille avait avoué.

Cette attitude, et son attitude précédente, lors du premier séjour de Jacques, m'incitent à croire que Mme Grangier, eût-elle désapprouvé complètement sa fille, pour l'unique satisfaction de donner tort à son mari et à son gendre, lui aurait, devant eux, donné raison. Au fond, Mme Grangier admirait Marthe de tromper son mari, ce qu'elle-même n'avait jamais osé faire, soit par scrupules, soit par manque d'occasion. Sa fille la vengeait d'avoir été, croyait-elle, incomprise. Niaisement idéaliste, elle se bornait à lui en vouloir d'aimer un garçon aussi jeune que moi, et moins apte que n'importe qui à comprendre la "délicatesse féminine".

Les Lacombe, que Marthe visitait de moins en moins, ne pouvaient, habitant Paris, rien soupçonner. Simplement, Marthe, leur apparaissant toujours plus bizarre, leur déplaisait de plus en plus. Ils étaient inquiets de l'avenir. Ils se demandaient ce que serait ce ménage dans quelques années. Toutes les mères, par principe, ne souhaitent rien tant pour leurs fils que le mariage, mais désapprouvent la femme qu'ils choisissent. La mère de Jacques le plaignait donc d'avoir une telle femme. Quant à Mlle Lacombe, la principale raison de ses médisances venait de ce que Marthe détenait, seule, le secret d'une idylle poussée assez loin, l'été où elle avait connu Jacques au bord de la mer. Cette sœur prédisait le plus sombre avenir au ménage, disant que Marthe tromperait Jacques, si par hasard ce n'était déjà chose faite.

L'acharnement de son épouse et de sa fille forçait parfois à sortir de table M. Lacombe, brave homme, qui aimait Marthe. Alors, mère et fille échangeaient un regard significatif. Celui de Mme Lacombe exprimait: "Tu vois, ma petite, comment ces sortes de femmes savent ensorceler nos hommes." Celui de Mlle Lacombe: "C'est parce que je ne suis pas une Marthe que je ne trouve pas à me marier." En réalité, la malheureuse, sous prétexte qu'"autre temps autre mœurs" et que le mariage ne se concluait plus à l'ancienne mode, faisait fuir les maris en ne se montrant pas assez rebelle. Ses espoirs de mariage duraient ce que dure une saison balnéaire.[52] Les jeunes gens promettaient de venir, sitôt à Paris, demander la main de Mlle Lacombe. Ils ne donnaient plus signe de vie. Le principal grief de Mlle Lacombe, qui allait coiffer Sainte-Catherine,[53] était peut-être que Marthe eût trouvé si facilement un mari. Elle se consolait en se disant que seul un nigaud comme son frère avait pu se laisser prendre.

Pourtant, quels que fussent les soupçons des familles, personne ne pensait que l'enfant de Marthe pût avoir un autre père que Jacques. J'en étais assez vexé. Il fut même des jours où j'accusais Marthe d'être lâche, pour n'avoir pas encore dit la vérité. Enclin à voir partout une faiblesse qui n'était qu'à moi, je pensais, puisque Mme Grangier glissait sur le commencement du drame, qu'elle fermerait les yeux jusqu'au bout.

L'orage approchait. Mon père menaçait d'envoyer certaines lettres à Mme Grangier. Je souhaitais qu'il exécutât ses menaces. Puis, je réfléchissais. Mme Grangier cacherait les lettres à son mari. Du reste, l'un et l'autre avaient intérêt à ce qu'un orage n'éclatât point. Et j'étouffais. J'appelais cet orage. Ces lettres, c'est à Jacques, directement, qu'il fallait que mon père les communiquât.

Le jour de colère où il me dit que c'était chose faite, je lui eusse sauté au cou. Enfin! Enfin, il me rendait le service d'apprendre à Jacques ce qui importait qu'il sût. Je plaignais mon père de croire mon amour si faible. Et puis, ces lettres mettraient un terme à celles où Jacques s'attendrissait sur notre enfant. Ma fièvre m'empêchait de comprendre ce que cet acte avait de fou, d'impossible. Je commençai seulement à voir juste lorsque mon père, plus calme, le lendemain, me rassura, croyait-il, m'avouant son mensonge. Il l'estimait inhumain. Certes. Mais où se trouve l'humain et l'inhumain?

J'épuisais ma force nerveuse en lâcheté, en audace, éreinté par les mille contradictions de mon âge aux prises avec une aventure d'homme.

L'amour anesthésiait en moi tout ce qui n'était pas Marthe. Je ne pensais pas que mon père pût souffrir. Je jugeais de tout si faussement et si petitement que je finissais par croire la guerre déclarée entre lui et moi. Aussi, n'était-ce plus seulement par amour pour Marthe que je piétinais mes devoirs filiaux, mais parfois, oserai-je l'avouer, par esprit de représailles!

Je n'accordais plus beaucoup d'attention aux lettres que mon père faisait porter chez Marthe. C'est elle qui me suppliait de rentrer plus souvent à la maison, de me montrer raisonnable. Alors, je m'écriais: "Vas-tu, toi aussi, prendre parti contre moi?" Je serrais les dents, tapais du pied. Que je me misse dans un état pareil, à la pensée que j'allais être éloigné d'elle pour quelques heures, Marthe y voyait le signe de la passion. Cette certitude d'être aimée lui donnait une fermeté que je ne lui avais jamais vue. Sûre que je penserais à elle, elle insistait pour que je rentrasse.

Je m'aperçus vite d'où venait son courage. Je commençai à changer de tactique. Je feignais de me rendre à ses raisons. Alors, tout à coup, elle avait une autre figure. A me voir si sage (ou si léger), la peur la prenait que je ne l'aimasse moins. A son tour, elle me suppliait de rester, tant elle avait besoin d'être rassurée.

Pourtant, une fois, rien ne réussit. Depuis déjà trois jours, je n'avais mis les pieds chez mes parents, et j'affirmai à Marthe mon intention de passer encore une nuit avec elle. Elle essaya tout pour me détourner de cette décision: caresses, menaces. Elle sut même feindre à son tour. Elle finit par déclarer que, si je ne rentrais pas chez mes parents, elle coucherait chez les siens.

Je répondis que mon père ne lui tiendrait aucun compte de ce beau geste. — Eh bien! elle n'irait pas chez sa mère. Elle irait au bord de la Marne. Elle prendrait froid, puis mourrait;

elle serait enfin délivrée de moi: "Aie au moins pitié de notre enfant, disait Marthe. Ne compromets pas son existence à plaisir." Elle m'accusait de m'amuser de son amour, d'en vouloir connaître les limites. En face d'une telle insistance, je lui répétais les propos de mon père: elle me trompait avec n'importe qui; je ne serais pas dupe. "Une seule raison, lui dis-je, t'empêche de céder. Tu reçois ce soir un de tes amants." Que répondre à d'aussi folles injustices? Elle se détourna. Je lui reprochai de ne point bondir sous l'outrage. Enfin, je travaillais si bien qu'elle consentit à passer la nuit avec moi. A condition que ce ne fût pas chez elle. Elle ne voulait pour rien au monde que ses propriétaires pussent dire le lendemain au messager de mes parents qu'elle était là.

Où dormir?

Nous étions des enfants debout sur une chaise, fiers de dépasser d'une tête les grandes personnes. Les circonstances nous hissaient, mais nous restions incapables. Et si, du fait même de notre inexpérience, certaines choses compliquées nous paraissaient toutes simples, des choses très simples, par contre, devenaient des obstacles. Nous n'avions jamais osé nous servir de la garçonnière de Paul. Je ne pensais pas qu'il fût possible d'expliquer à la concierge,[54] en lui glissant une pièce, que nous viendrions quelquefois.

Il nous fallait donc coucher à l'hôtel. Je n'y étais jamais allé. Je tremblais à la perspective d'en franchir le seuil.

L'enfance cherche des prétextes. Toujours appelée à se justifier devant les parents, il est fatal qu'elle mente.

Vis-à-vis même d'un garçon d'hôtel borgne, je pensais devoir me justifier. C'est pourquoi, prétextant qu'il nous faudrait du linge et quelques objets de toilette, je forçais Marthe à faire une valise. Nous demanderions deux chambres. On nous croirait frère et sœur. Jamais je n'oserais demander une seule chambre, mon âge (l'âge où l'on se fait expulser des casinos) m'exposant à des mortifications.

Le voyage, à onze heures du soir, fut interminable. Il y avait deux personnes dans notre wagon: une femme reconduisait son mari, capitaine, à la gare de l'Est.[55] Le wagon n'était ni chauffé ni éclairé. Marthe appuyait sa tête contre la vitre humide. Elle subissait le caprice d'un jeune garçon cruel. J'étais assez honteux, et je souffrais, pensant combien Jacques, toujours si tendre avec elle, méritait mieux que moi d'être aimé.

Je ne pus m'empêcher de me justifier, à voix basse. Elle secoua la tête: "J'aime mieux, murmura-t-elle, être malheureuse avec toi qu'heureuse avec lui." Voilà de ces mots d'amour qui ne veulent rien dire, et que l'on a honte de rapporter, mais qui, prononcés par la bouche aimée, vous enivrent. Je crus même comprendre la phrase de Marthe. Pourtant que signifiait-elle au juste? Peut-on être heureux avec quelqu'un qu'on n'aime pas?

Et je me demandais, je me demande encore si l'amour vous donne le droit d'arracher une femme à une destinée, peut-être médiocre, mais pleine de quiétude. "J'aime mieux être malheureuse avec toi..."; ces mots contenaient-ils un reproche inconscient? Sans doute, Marthe, parce qu'elle m'aimait, connut-elle avec moi des heures dont, avec Jacques, elle n'avait pas idée, mais ces moments heureux me donnaient-ils le droit d'être cruel?

Nous descendîmes à la Bastille.[56] Le froid, que je supporte parce que je l'imagine la chose la plus propre du monde, était, dans ce hall de la gare, plus sale que la chaleur dans un port de mer, et sans la gaieté qui compense. Marthe se plaignait de crampes. Elle s'accrochait à mon bras. Couple lamentable, oubliant sa beauté, sa jeunesse, honteux de soi comme un couple de mendiants!

Je croyais la grossesse de Marthe ridicule, et je marchais les yeux baissés. J'étais bien loin de l'orgueil paternel.

Nous errions sous la pluie glaciale, entre la Bastille et la gare de Lyon. A chaque hôtel, pour ne pas entrer, j'inventais une mauvaise excuse. Je disais à Marthe que je cherchais un hôtel convenable, un hôtel de voyageurs, rien que de voyageurs.

Place de la gare de Lyon, il devint difficile de me dérober. Marthe m'enjoignit d'interrompre ce supplice.

Tandis qu'elle attendait dehors, j'entrai dans un vestibule, espérant je ne sais trop quoi. Le garçon me demanda si je désirais une chambre. Il était facile de répondre oui. Ce fut trop facile, et, cherchant une excuse comme un rat d'hôtel pris sur le fait, je lui demandais Mme Lacombe. Je la lui demandais, rougissant, et craignant qu'il me répondît: "Vous moquez-vous, jeune homme? Elle est dans la rue." Il consulta des registres. Je devais me tromper d'adresse. Je sortis, expliquant à Marthe qu'il n'y avait plus de place et que nous n'en trouverions pas dans le quartier. Je respirai. Je me hâtai comme un voleur qui s'échappe.

Tout à l'heure, mon idée fixe de fuir ces hôtels où je menais Marthe de force m'empêchait de penser à elle. Maintenant, je la regardais, la pauvre petite. Je retins mes larmes and quand elle me demanda où nous chercherions un lit, je la suppliai de ne pas en vouloir à un malade, et de retourner sagement elle à J..., moi chez mes parents. Malade! sagement! elle fit un sourire machinal en entendant ces mots déplacés.

Ma honte dramatisa le retour. Quand, après les cruautés de ce genre, Marthe avait le malheur de me dire: "Tout de même, comme tu as été méchant", je m'emportais, la trouvais sans générosité. Si, au contraire, elle se taisait, avait l'air d'oublier, la peur me prenait qu'elle agît ainsi, parce qu'elle me considérait comme un malade, un dément. Alors, je n'avais de cesse que je ne lui eusse fait dire qu'elle n'oubliait point, et que, si elle me pardonnait, il ne fallait pas cependant que je profitasse de sa clémence; qu'un jour, lasse de mes mauvais traitements, sa fatigue l'emporterait sur notre amour, et qu'elle me laisserait seul. Quand je la forçais à me parler avec cette énergie, et bien que je ne crusse pas à ses menaces, j'éprouvais une douleur délicieuse, comparable, en plus fort, à l'émoi que me donnent les montagnes russes. Alors, je me précipitais sur Marthe, l'embrassais plus passionnément que jamais.

— Répète-moi que tu me quitteras, lui disais-je, haletant, et la serrant dans mes bras, jusqu'à la casser. Soumise, comme ne peut même pas l'être une esclave, mais seul un médium,[57] elle répétait, pour me plaire, des phrases auxquelles elle ne comprenait rien.

Cette nuit des hôtels fut décisive, ce dont je me rendis mal compte après tant d'autres extravagances. Mais si je croyais que toute une vie peut boiter de la sorte, Marthe, elle, dans le coin du wagon de retour, épuisée, atterrée, claquant des dents, *comprit tout*. Peut-être même vit-elle qu'au bout de cette course d'une année, dans une voiture, follement conduite, il ne pouvait y avoir d'autre issue que la mort.

Le lendemain, je trouvais Marthe au lit, comme d'habitude. Je voulus l'y rejoindre; elle me repoussa, tendrement. "Je ne me sens pas bien, disait-elle, va-t'en, ne reste pas près de moi. Tu prendrais mon rhume." Elle toussait, avait la fièvre. Elle me dit, en souriant, pour n'avoir pas l'air de formuler un reproche, que c'était la veille qu'elle avait dû prendre froid. Malgré son affolement, elle m'empêcha d'aller chercher le docteur. "Ce n'est rien, disait-elle. Je n'ai besoin que de rester au chaud." En réalité, elle ne voulait pas, en m'envoyant, moi, chez le docteur, se compromettre aux yeux de ce vieil ami de sa famille. J'avais un tel besoin d'être rassuré que le refus de Marthe m'ôta mes inquiétudes. Elles ressuscitèrent, et plus fortes que tout à l'heure, quand, lorsque je partis pour dîner chez mes parents, Marthe me demanda si je pouvais faire un détour, et déposer une lettre chez le docteur.

Le lendemain, en arrivant à la maison de Marthe, je croisai celui-ci dans l'escalier. Je n'osai pas l'interroger, et le regardai anxieusement. Son air calme me fit du bien: ce n'était qu'une attitude professionnelle.

J'entrai chez Marthe. Où était-elle? La chambre était vide. Marthe pleurait, la tête cachée sous les couvertures. Le médecin la condamnait à garder la chambre, jusqu'à la délivrance. De plus, son état exigeait des soins; il fallait qu'elle demeurât chez ses parents. On nous séparait.

Le malheur ne s'admet point. Seul, le bonheur semble dû. En admettant cette séparation sans révolte, je ne montrais pas de courage. Simplement, je ne comprenais point. J'écoutais, stupide, l'arrêt du médecin, comme un condamné sa sentence. S'il ne pâlit point: "Quel courage!" dit-on. Pas du tout: c'est plutôt manque d'imagination. Lorsqu'on le réveille pour l'exécution, alors, il *entend* la sentence. De même, je ne compris que nous n'allions plus nous voir, que lorsqu'on vint annoncer à Marthe la voiture envoyée par le docteur. Il avait promis de n'avertir personne, Marthe exigeant d'arriver chez sa mère à l'improviste.

Je fis arrêter à quelque distance de la maison des Grangier. La troisième fois que le cocher se retourna, nous descendîmes. Cet homme croyait surprendre notre troisième baiser, il surprenait le même. Je quittais Marthe sans prendre les moindres dispositions pour correspondre, presque sans lui dire au revoir, comme une personne qu'on doit rejoindre une heure après. Déjà, des voisines curieuses se montraient aux fenêtres.

Ma mère remarqua que j'avais les yeux rouges. Mes sœurs rirent parce que je laissais deux fois de suite retomber ma cuillère à soupe. Le plancher chavirait. Je n'avais pas le pied marin pour la souffrance. Du reste, je ne crois pouvoir comparer mieux qu'au mal de mer ces vertiges du cœur et de l'âme. La vie sans Marthe, c'était une longue traversée. Arriverais-je? Comme, aux premiers symptômes du mal de mer, on se moque d'atteindre le port et on souhaite mourir sur place, je me préoccupais peu d'avenir. Au bout de quelques jours, le mal, moins tenace, me laissa le temps de penser à la terre ferme.

Les parents de Marthe n'avaient plus à deviner grand-chose. Ils ne se contentaient pas d'escamoter mes lettres. Ils les brûlaient devant elle, dans la cheminée de sa chambre. Les siennes étaient écrites au crayon, à peine lisibles. Son frère les mettait à la poste.

Je n'avais plus à essuyer de scènes de famille. Je reprenais les bonnes conversations avec mon père, le soir, devant le feu. En un an, j'étais devenu un étranger pour mes sœurs. Elle se ré-apprivoisaient, se réhabituaient à moi. Je prenais la plus petite sur mes genoux, et, profitant de la pénombre, la serrais avec une telle violence, qu'elle se débattait, mi-riante, mi-pleurante. Je pensais à mon enfant, mais j'étais triste. Il me semblait impossible d'avoir pour lui une tendresse plus forte. Étais-je mûr pour qu'un bébé me fût autre chose que frère ou sœur?

Mon père me conseillait des distractions. Ces conseils-là sont engendrés par le calme. Qu'avais-je à faire, sauf ce que je ne ferais plus? Au bruit de la sonnette, au passage d'une voiture, je tressaillais. Je guettais dans ma prison les moindres signes de délivrance.

A force de guetter des bruits qui pouvaient annoncer quelque chose, mes oreilles, un jour, entendirent des cloches. C'étaient celles de l'armistice.

Pour moi, l'armistice[58] signifiait le retour de Jacques. Déjà, je le voyais au chevet de Marthe, sans qu'il me fût possible d'agir. J'étais perdu.

Mon père revint à Paris. Il voulait que j'y retournasse avec lui: "On ne manque pas une fête pareille." Je n'osais refuser. Je craignais de paraître un monstre. Puis, somme toute, dans ma frénésie de malheur, il ne me déplaisait pas d'aller voir la joie des autres.

Avouerais-je qu'elle ne m'inspirât pas grande envie. Je me sentais seul capable d'éprouver les sentiments qu'on prête à la foule. Je cherchais le patriotisme. Mon injustice, peut-être, ne me montrait que l'allégresse d'un congé inattendu: les cafés ouverts plus tard, le droit pour les militaires d'embrasser les midinettes. Ce spectacle, dont j'avais pensé qu'il m'affligerait, qu'il me rendrait jaloux, ou même qu'il me distrairait par la contagion d'un sentiment sublime, m'ennuya comme une Sainte-Catherine.[59]

Depuis quelques jours, aucune lettre ne me parvenait. Un des rares après-midi où il tomba de la neige, mes frères me remirent un message du petit Grangier. C'était une lettre glaciale de Mme Grangier. Elle me priait de venir au plus vite. Que pouvait-elle me vouloir? La chance d'être en contact, même indirect, avec Marthe, étouffa mes inquiétudes. J'imaginais Mme Grangier m'interdisant de revoir sa fille, de correspondre avec elle, et moi, l'écoutant, tête basse, comme un mauvais élève. Incapable d'éclater, de me mettre en colère, aucun geste ne manifesterait ma haine. Je saluerais avec politesse, et la porte se refermerait pour toujours. Alors, je trouverais les réponses, les arguments de mauvaise foi, les mots cinglants qui eussent pu laisser à Mme Grangier, de l'amant de sa fille, une image moins piteuse que celle d'un collégien pris en faute. Je prévoyais la scène, seconde par seconde.

Lorsque je pénétrai dans le petit salon, il me sembla revivre ma première visite. Cette visite signifiait alors que je ne reverrais peut-être plus Marthe.

Mme Grangier entra. Je souffris pour elle de sa petite taille, car elle s'efforçait d'être hautaine. Elle s'excusa de m'avoir dérangé pour rien. Elle prétendit qu'elle m'avait envoyé ce message pour obtenir un renseignement trop compliqué à demander par écrit, mais qu'entre-temps elle avait eu ce renseignement. Cet absurde mystère me tourmenta plus que n'importe quelle catastrophe.

Près de la Marne, je rencontrai le petit Grangier, appuyé contre une grille. Il avait reçu une boule de neige en pleine figure. Il pleurnichait. Je le cajolai, je l'interrogeai sur Marthe. Sa sœur m'appelait, me dit-il. Leur mère ne voulait rien entendre, mais leur père avait dit: "Marthe est au plus mal, j'exige qu'on obéisse."

Je compris en une seconde la conduite si bourgeoise, si étrange, de Mme Grangier. Elle m'avait appelé, par respect pour son époux, et la volonté d'une mourante. Mais l'alerte passée, Marthe saine et sauve, on reprenait la consigne.[60] J'eusse dû me réjouir. Je regrettais que la crise n'eût pas duré le temps de me laisser voir la malade.

Deux jours après, Marthe m'écrivit. Elle ne faisait aucune allusion à ma visite. Sans doute la lui avait-on escamotée. Marthe parlait de notre avenir, sur un ton spécial, serein, céleste, qui me troublait un peu. Serait-il vrai que l'amour est la forme la plus violente de l'égoïsme, car, cherchant une raison à mon trouble, je me dis que j'étais jaloux de notre enfant, dont Marthe aujourd'hui m'entretenait plus que de moi-même.

Nous l'attendions pour mars. Un vendredi de janvier, mes frères, tout essoufflés, nous annoncèrent que le petit Grangier avait un neveu. Je ne compris pas leur air de triomphe, ni pourquoi ils avaient tant couru. Ils ne se doutaient certes pas de ce que la nouvelle pouvait avoir d'extraordinaire à mes yeux. Mais un oncle était pour mes frères une personne d'âge. Que le petit Grangier fût oncle tenait donc du prodige, et ils étaient accourus pour nous faire partager leur émerveillement.

C'est l'objet que nous avons constamment sous les yeux que nous reconnaissons avec le plus de difficulté, si on le change un peu de place. Dans le neveu du petit Grangier, je ne reconnus pas tout de suite l'enfant de Marthe — mon enfant.

L'affolement que dans un lieu public produit un court-circuit, j'en fus le théâtre. Tout à coup, il faisait noir en moi. Dans cette nuit, mes sentiments se bousculaient; je me cherchais, je cherchais à tâtons des dates, des précisions. Je comptais sur mes doigts comme je l'avais vu faire quelquefois à Marthe, sans alors la soupçonner de trahison. Cet exercice ne servait d'ailleurs à rien. Je ne savais plus compter. Qu'était-ce que cet enfant que nous attendions pour mars, et qui naissait en janvier? Toutes les explications que je cherchais à cette anormalité, c'est ma jalousie qui les fournissait. Tout de suite, ma certitude fut faite. Cet enfant était celui de Jacques. N'était-il pas venu en permission neuf mois auparavant?

97

Ainsi, depuis ce temps, Marthe me mentait. D'ailleurs, ne m'avait-elle pas déjà menti au sujet de cette permission! Ne m'avait-elle pas d'abord juré s'être pendant ces quinze jours maudits refusée à Jacques, pour m'avouer, longtemps après, qu'il l'avait plusieurs fois possédée!

Je n'avais jamais pensé bien profondément que cet enfant pût être celui de Jacques. Et si, au début de la grossesse de Marthe, j'avais pu souhaiter lâchement qu'il en fût ainsi, il me fallait bien avouer, aujourd'hui, que je croyais être en face de l'irréparable, que, bercé pendant des mois par la certitude de ma paternité, j'aimais cet enfant, cet enfant qui n'était pas le mien. Pourquoi fallait-il que je ne me sentisse le cœur d'un père, qu'au moment où j'apprenais que je ne l'étais pas!

On le voit, je me trouvais dans un désordre incroyable, et comme jeté à l'eau, en pleine nuit, sans savoir nager. Je ne comprenais plus rien. Une chose surtout que je ne comprenais pas, c'était l'audace de Marthe, d'avoir donné mon nom à ce fils légitime. A certains moments, j'y voyais un défi jeté au sort qui n'avait pas voulu que cet enfant fût le mien; à d'autres moments, je n'y voulais plus voir qu'un manque de tact, une de ces fautes de goût qui m'avaient plusieurs fois choqué chez Marthe, et qui n'étaient que son excès d'amour.

J'avais commencé une lettre d'injures. Je croyais la lui devoir, par dignité! Mais les mots ne venaient pas, car mon esprit était ailleurs, dans des régions plus nobles.

Je déchirai la lettre. J'en écrivis une autre, où je laissai parler mon cœur. Je demandais pardon à Marthe. Pardon de quoi? Sans doute que ce fils fût celui de Jacques. Je la suppliais de m'aimer quand même.

L'homme très jeune est un animal rebelle à la douleur. Déjà, j'arrangeais autrement ma chance. J'acceptais presque cet enfant de l'autre. Mais, avant même que j'eusse fini ma lettre, j'en reçus une de Marthe, débordante de joie. — Ce fils était le nôtre, né deux mois avant terme. Il fallait le mettre en couveuse. "J'ai failli mourir", disait-elle. Cette phrase m'amusa comme un enfantillage.

Car je n'avais place que pour la joie. J'eusse voulu faire part de cette naissance au monde entier, dire à mes frères qu'eux aussi étaient oncles. Avec joie, je me méprisais: comment avoir pu douter de Marthe? Ces remords, mêlés à mon bonheur, me la faisaient aimer plus fort que jamais, mon fils aussi. Dans mon incohérence, je bénissais la méprise. Somme toute, j'étais content d'avoir fait conaissance, pour quelques instants, avec la douleur. Du moins, je le croyais. Mais rien ne ressemble moins aux choses elles-mêmes que ce qui en est tout près. Un homme qui a failli mourir croit connaître la mort. Le jour où elle se présente enfin à lui, il ne la reconnaît pas: "Ce n'est pas elle", dit-il, en mourant.

Dans sa lettre, Marthe me disait encore: "Il te ressemble." J'avais vu des nouveau-nés, mes frères et mes sœurs, et je savais que seul l'amour d'une femme peut leur découvrir la ressemblance qu'elle souhaite. "Il a mes yeux", ajoutait-elle. Et seul aussi son désir de nous voir réunis en un seul être pouvait lui faire reconnaître ses yeux.

Chez les Grangier, aucun doute ne subsistait plus. Ils maudissaient Marthe, mais s'en faisaient les complices, afin que le scandale ne "rejaillît" pas sûr la famille. Le médecin, autre complice de l'ordre, cachant que cette naissance était prématurée, se chargerait d'expliquer au mari, par quelque fable, la nécessité d'une couveuse.

Les jours suivants, je trouvai naturel le silence de Marthe. Jacques devait être auprès d'elle. Aucune permission ne m'avait si peu atteint que celle-ci, accordée au malheureux pour la naissance de *son* fils. Dans un dernier sursaut de puérilité, je souriais même à la pensée que ces jours de congé, il me les devait.

Notre maison respirait le calme.

Les vrais pressentiments se forment à des profondeurs que notre esprit ne visite pas. Aussi, parfois, nous font-ils accomplir des actes que nous interprétons tout de travers.

Je me croyais plus tendre à cause de mon bonheur et je me félicitais de savoir Marthe dans une maison que mes souvenirs heureux transformaient en fétiche.

Un homme désordonné qui va mourir et ne s'en doute pas met soudain de l'ordre autour de lui. Sa vie change. Il classe des papiers. Il se lève tôt, il se couche de bonne heure. Il renonce à ses vices. Son entourage se félicite. Aussi sa mort brutale semble-t-elle d'autant plus injuste. *Il allait vivre heureux.*

De même, le calme nouveau de mon existence était ma toilette du condamné. Je me croyais meilleur fils parce que j'en avais un. Or, ma tendresse me rapprochait de mon père, de ma mère parce que quelque chose savait en moi que j'aurais, sous peu, besoin de la leur.

Un jour, à midi, mes frères revinrent de l'école en nous criant que Marthe était morte.

La foudre qui tombe sur un homme est si prompte qu'il ne souffre pas. Mais c'est pour celui qui l'accompagne un triste spectacle. Tandis que je ne ressentais rien, le visage de mon père se décomposait. Il poussa mes frères. "Sortez, bégaya-t-il. Vous êtes fous, vous êtes fous." Moi, j'avais la sensation de durcir, de refroidir, de me pétrifier. Ensuite, comme une seconde déroule aux yeux d'un mourant tous les souvenirs d'une existence, la certitude me dévoila mon amour avec tout ce qu'il avait de monstrueux. Parce que mon père pleurait, je sanglotais. Alors, ma mère me prit en mains. Les yeux secs, elle me soigna froidement, tendrement, comme s'il se fût agi d'une scarlatine.

Ma syncope expliqua le silence de la maison, les premiers jours, à mes frères. Les autres jours, ils ne comprirent plus. On ne leur avait jamais interdit les jeux bruyants. Ils se taisaient. Mais, à midi, leurs pas sur les dalles du vestibule me faisaient perdre connaissance comme s'ils eussent dû chaque fois m'annoncer la mort de Marthe.

Marthe! Ma jalousie la suivant jusque dans la tombe, je souhaitais qu'il n'y eût rien, après la mort. Ainsi, est-il insupportable que la personne que nous aimons se trouve en nombreuse compagnie dans une fête où nous ne sommes pas. Mon cœur était à l'âge où l'on ne pense pas encore à l'avenir. Oui, c'est bien le néant que je désirais pour Marthe, plutôt qu'un monde nouveau, où la rejoindre un jour.

La seule fois que j'aperçus Jacques, ce fut quelques mois après. Sachant que mon père possédait des aquarelles de Marthe, il désirait les connaître. Nous sommes toujours avides de surprendre ce qui touche aux êtres que nous aimons. Je voulus voir l'homme auquel Marthe avait accordé sa main.

Retenant mon souffle et marchant sur la pointe des pieds, je me dirigeais vers la porte entrouverte. J'arrivais juste pour entendre:

— Ma femme est morte en l'appelant. Pauvre petit! N'est-ce pas ma seule raison de vivre.

En voyant ce veuf si digne et dominant son désespoir, je compris que l'ordre, à la longue, se met de lui-même autour des choses. Ne venais-je pas d'apprendre que Marthe était morte en m'appelant, et que mon fils aurait une existence raisonnable?

NOTES TO THE TEXT

Most of the places mentioned in the text of the novel (Ormesson, La Varenne, Sucy, etc.) are in the valley of the Marne, just to the north-east of Paris, in the neighbourhood where Radiguet was born and brought up. Other place names are dealt with in specific notes.

1 *La déclaration de la guerre*. The First World War broke out at the beginning of August 1914. The Germans invaded France on 2 August, formally declaring war on 3 August.

2 *Henri-IV*. A famous Paris lycée.

3 *Bibliothèque rose*. A collection of children's books, published by Hachette from 1857 onwards.

4 *L'attentat autrichien*. The assassination of Archduke Franz Ferdinand of Austria on 28 June 1914, in the Bosnian city of Sarajevo, was the direct cause of the outbreak of the First World War.

5 *Le procès Caillaux*. In late 1913 and early 1914 Joseph Caillaux, the prominent French politician, was Minister of Finance. Gaston Calmette, the editor of *Le Figaro*, was conducting a violent press campaign against him, in the course of which he published intimate letters between Caillaux and his present (second) wife, which had passed between them during his first marriage. Mme Caillaux went to the offices of *Le Figaro*, and shot and killed Calmette. Caillaux was forced to resign. The murder, and the subsequent trial of Mme Caillaux (who was, amazingly, acquitted), caused a public sensation.

As late as 1923, Radiguet and his friends were still, like many other Frenchmen, fascinated by this Affair: 'On parle de Mme Caillaux. Ma différence avec Jean C[octeau] c'est que si je n'admire pas plus que lui Calmette, je n'admire nullement Mme Caillaux' ('Début d'un journal', dated 17 August 1923, reprinted in *Oeuvres complètes*, II, p. 400).

6 *14 juillet 1914*. French national day, Bastille Day.

7 *Les enfants à Guignol*. Children at a Punch and Judy show.

8 *La revue de Vincennes*. The military review at Vincennes.

9 *Des feux de Bengale*. Bengal lights; fireworks producing a steady

blue light.

10 *Manège, montagnes russes.* Merry-go-round, roller-coasters.

11 *On se battait près de Meaux.* This was the start of the first Battle
of the Marne (6–9 September 1914), at which the German
advance was halted and turned just short of Paris. Meaux is on
the right bank of the Marne, only 28 miles from Paris.

12 *Uhlans.* German cavalrymen.

13 *Lagny.* On the Marne, between Meaux and Paris.

14 *Enfin, au moment ou nous nous apprêtions à la fuite, les journaux
nous apprirent que c'était inutile.* By 9 September the Germans
were retiring. The 'miracle of the Marne' had taken place.

15 *Le Mot.* A fortnightly, edited by Jean Cocteau and Paul Iribe,
which appeared (irregularly) between 28 November 1914 and 1
July 1915. 'Contents', writes Francis Steegmuller (*Jean Cocteau:
A Biography*, London 1970, pp. 129–31) 'were chiefly jingoistic,
and mostly written by Cocteau over his own name or various
pseudonyms.... Woodcuts by Dufy, Gleizes, Lhote and Bakst
afforded a certain relief ...'. There were nevertheless 'a few
poems of great beauty, which seem never to have been
reprinted'. There was also a certain amount of polemical writing
on the arts, mocking the more traditional artists; by the time of
the later issues Steegmuller notes that 'Cocteau was by now a
resolute partisan of "modernism" in art and letters.'

16 *En troisième.* The form for children aged about fourteen. The
study of Greek (which was not compulsory) started in the
quatrième, one year earlier.

17 *Répétitions particulières.* Private coaching.

18 *Les polissonneries du jeudi.* Thursday is, traditionally, a day on
which there are no classes in French schools.

19 *Les Fleurs du Mal.* Baudelaire's famous collection of poetry,
which appeared in 1857. Though this collection created something of a furore at the time of its appearance, it has long been
seen as one of the most remarkable poetic achievements in the
French language. Marthe's fiancé's reactions would seem exces-
sive to present-day readers (and indeed to most cultured people
at the time of this novel). They are a hang-over of earlier
attitudes, epitomized by Berthon's notes to his anthology of
French poetry, referring to Baudelaire: 'He seems to have had an
unhappy predilection for all that is offensive to taste .... and
posed as one who had an utter scorn of all forms of propriety, of
all ideas of current morality.... There is a good deal of miserable
affectation in all this *satanisme*, mingled with a perverse natural
taste for the ugly and the unclean.'

Here, as at other points of the novel, Jacques is shown to have the bourgeois reactions of a previous generation; the hero, conversely, is continually shown as being obsessed with what is smart and up-to-date, or culturally distinguished. Here his delight that Jacques was 'assez nigaud pour craindre Baudelaire' shows his own emancipated posture.

20 *La Mort des Amants*. One of the poems from *Les Fleurs du Mal*, from the section 'La Mort':

> Nous aurons des lits pleins d'odeurs légères,
> Des divans profonds comme des tombeaux,
> Et d'étranges fleurs sur des étagères,
> Écloses pour nous sous des cieux plus beaux.

> Usant à l'envi leurs chaleurs dernières,
> Nos deux cœurs seront deux vastes flambeaux,
> Qui réfléchiront leurs doubles lumières
> Dans nos deux esprits, ces miroirs jumeaux.

> Un soir fait de rose et de bleu mystique,
> Nous échangerons un éclair unique,
> Comme un long sanglot, tout chargé d'adieux;

> Et plus tard un Ange, entr'ouvrant les portes,
> Viendra ranimer, fidèle et joyeux,
> Les miroirs ternis et les flammes mortes.

21 *La Grande-Chaumière*. Art school in Paris, on the Boulevard Montparnasse.

22 *Une Saison en enfer*. Volume of poetry in prose by Rimbaud, of which, as Marthe points out, even the title was likely to shock her fiancé.

23 *Le Jardin de Luxembourg, l'horloge du Sénat*. The Luxembourg Gardens, in the Quartier Latin (the main entrance is at the convergence of the Boulevard St Michel and the Rue Soufflot) are an extensive public park, formerly the gardens of the Palais du Luxembourg, which now houses the Senate, the Upper House of the French legislature. It is a park much used by students, and by parents and their children. Its main feature is a large 'bassin' with fountains, surrounded by a gravel area with iron seats. Many famous scenes in French literature take place in this setting; one of the best known is one of the opening scenes of Gide's novel *Les Faux-Monnayeurs*. It is interesting to note that the first version of *Le Bal du Comte d'Orgel* started with an evocation of these gardens: 'Il y a des lieux qui gardent toujours l'attrait de paradis perdus; alors que du jardin du Luxembourg tant d'autres gardent un souvenir d'ennui à l'ombrage duquel,

parmi les cris d'enfants, on repasse sa leçon ou on l'apprend, croyant rattraper en un quart d'heure de longs moments perdus, pour moi ce fut toujours un paradis...' (printed in Odouard, p. 241).

24 *Un bar américain*. In the flood of American influences in France during and after the First World War, one of the most striking (and lasting) was the 'bar américain', in which the new-fangled 'cocktails' were dispensed in an atmosphere owing more to Chicago than to the traditional French café. The 'chic' effect is well described on p. 22. 'La veste blanche du barman, la grâce avec laquelle il secouait les gobelets d'argent, les noms bizarres ou poétiques des mélanges.' At the time of this narrative, American bars were a very recent addition to the French capital. Marthe's fascination is understandable.

25 *Un bar de la rue Daunou*. Quite clearly Harry's Bar (Sank Roo Doh-Noo), which was the first of such bars in Paris, and which still exists. A visit to it (for it remains much the same) will recapture for the reader the atmosphere described in this passage.

26 *Le style Louis XV*. The ornate rococo style of the mid-eighteenth century, which had achieved renewed popularity in late nineteenth-century France, partly through the influential writings of the Goncourt brothers. By now, however, it was 'old hat' to the new generation, in search of simpler, more modern designs. Marthe's fiancé is thus shown as boring and old-fashioned; the hero as in the front line of new fashion.

27 *Le japonais*. Japanese art had had considerable influence on late nineteenth-century art and interior design in France. Again, the Goncourt brothers had been highly influential in introducing this trend. It had had some effect upon the Art Nouveau style of the turn of the century. The fact that the hero sees it as 'mauvais goût' shows the nature of 'trends' in design; one generation sees the previous generation's taste as 'mauvais goût'. By a generation later it has come back into popularity.

28 *Le censeur*. Deputy headmaster (director of studies) of the lycée, in charge of discipline.

29 *Le proviseur*. Headmaster of the lycée.

30 *Daphnis, Chloé*. Characters in the Greek pastoral novel, *Daphnis and Chloe*, by Longus, written some time in the second and third centuries AD. Its popularity in western Europe, from the sixteenth century onwards, is attested by the large number of French and English translations. It is on the traditional theme of the separation of hero and heroine by a sequence of adventures, with continual switches from thrilling action to pastoral

description. One of the most famous scenes is that where the two inexperienced lovers show their complete ignorance about how to make love:

'But what more can there by', she asked, 'than kissing and embracing and actually lying down? What do you mean to do when we are lying together naked?'

'What the rams do to the ewes', he replied, 'and what the he-goats do to the she-goats. Haven't you noticed that when they've done it the she-goats stop running away from the he-goats and the he-goats stop having the trouble of chasing them? From then on, they graze side by side as if they'd shared some pleasure between them. Apparently what they do is something very sweet which takes away the bitterness of love.'

'But Daphnis, haven't *you* noticed that the sheep and goats stay standing up? Yet you want me to lie down without any clothes on. Why, think how much hairier they are than me even when I'm dressed!'

However, Daphnis had his way. He lay down beside her and stayed there for some time; but not knowing what to do next, he made her get up again and tried imitating the goats. Then, feeling more baffled than ever, he sat down and burst into tears, to think that he knew less about making love than a sheep. (*Daphnis and Chloe*, translated by Paul Turner, Penguin Classics, 1956, p. 78)

Eventually Daphnis is taught the facts of life by the wife of one of his neighbours.

Radiguet was strongly interested in *Daphnis and Chloe*, which he saw as a simple masterpiece. He lamented the fact, however, that of this admirable novel all that most people remembered, from their schooldays, was this short episode (at which their books presumably fell open of themselves): 'Quel malentendu que celui qui a fait la réputation de *Daphnis et Chloé* auprès des collégiens. Pour une page, ainsi, tout le sens d'une œuvre peut être faussé' ('Notes critiques diverses', in *Oeuvres complètes*, II, p. 383). Our hero is no exception to this trend, clearly. In this he differs from his creator, who noted: '*Daphnis et Chloé*, le roman le plus chaste du monde, n'est-il pas un de ces livres que les collégiens lisent en cachette? Et plus d'hommes qu'on ne croit restent des collégiens toute leur vie. Niaises curiosités, rires à contre-temps, combien peu, avec l'âge, s'en débarrassent' (Preface to *Les Joues en feu*, 1923).

31 *Au mois de mars 1918.* It is significant that in one of the most

crucial months of the war, when the German breakthrough made many feel that she was on the verge of winning the war, our hero should be oblivious to these facts, and be entirely bound up in his own private drama.

32 *Je faillis faire un calembour ... ma robe prétexte.* The *robe prétexte*, or *toga praetexta*, a long white robe with a purple border, was worn by children of the Roman upper classes. Boys wore it until they were entitled to wear the *toga virilis*, girls wore it until marriage. Here the boy's pun consists of the word 'prétexte'; it is his pretext for getting undressed.

33 *La forêt de Sénart.* To the south of Paris.

34 *Je craignais de prendre les sonnettes pour des commutateurs.* In many French houses and hotels, hallway and landing light switches were in the form of bell-pushes which, if pressed, put on the light for a fixed period of time only. These automatic time switches are often known as 'minuterie'. The custom is now almost entirely confined to hotels.

Given the form of these switches, the hero is naturally worried at the possibility of ringing a bell instead of putting on the light.

35 *L'âge ingrat.* The awkward age; adolescence.

36 *L'Ile d'Amour.* A popular place for holidaymakers, in the Marne. Something of its atmosphere is evoked in 'Ile-de-France, Ile d'Amour. Esquisses et notes' (In *Oeuvres complètes*, II, pp. 323–44).

37 *Les ciseaux de Fulbert.* Canon Fulbert was the uncle of Héloïse. When he learned of the love affair between his niece and the scholastic philosopher Peter Abélard, he took the vicious revenge of breaking into Abélard's rooms and castrating him. Abélard became a monk, and Héloïse a nun.

Despite Abélard's great influence on twelfth-century thought, he is above all known, in popular legend, for his love for Héloïse, and the drama described above. Clearly, the 'museum' the hero and Marthe are visiting claims to have, as a kind of 'relic', the very shears used by Fulbert for his barbarous operation; even more clearly, only a child could have believed this relic to be real.

38 *Louis-le-Grand.* A famous lycée in the Quartier latin.

39 *Un pensum.* An imposition, a punishment.

40 *Ces poètes qui savent que la vraie poésie est chose 'maudite...'.* Another of the narrator/hero's literary references, to late nineteenth-century authors. Verlaine had coined the word 'poètes maudits' in relation to those of his contemporaries who, like himself, received little public acclaim, and a great deal of

108

public opprobrium, for their poetry, whose new and often revolutionary attributes could only be appreciated by the happy few. In 1883 *Le Lutèce* had published articles by Verlaine, gathered together in book form as *Les Poètes maudits* in 1884, in which he praised Rimbaud, Corbière and Mallarmé. Later editions included Verlaine himself, Villiers de l'Isle Adam and Marceline Desbordes-Valmore.

Radiguet himself, who had been acclaimed by Cocteau as 'le premier contradicteur-né de la "poésie maudite"' (Cocteau, Dédicace to *Visites à Maurice Barrès*, 1921), was scornful of the idea that great art is doomed to lack of success: 'Ce préjugé de la poésie *maudite*, et par conséquent du succès, qui commence à Baudelaire et finit aujourd'hui, est ce qui nous aura fait le plus de mal, quoique nécessaire. S'il est naïf de penser que tous les auteurs à succès ont du talent, il l'est encore plus de penser qu'un auteur de talent *ne peut pas* avoir de succès. Et le plus absurde de tout c'est de penser qu'un auteur a du talent *parce qu*'il n'a pas de succès. D'une manière volontairement raccourcie, c'est pourtant ce qui se passe depuis cinquante ans...' ('Le préjugé du succès', in 'Règle du jeu', *Oeuvres complètes*, pp. 283–4). On the other hand, 'aucune gloire n'est plus éclatante que la gloire des Poètes maudits' ('Règle du jeu', *Oeuvres complètes*, pp. 294–5).

41 *Pour faire 'genre'*. 'Faire du genre' means 'to put on airs'. The inverted commas, here, around the word 'genre', seem to suggest that the lady is trying to be distinguished, but does not really know much about the habits of high society.

42 *Elle eût voulu la canne du régisseur pour annoncer le spectacle.* Traditionally, in French theatres the start of a performance is announced by 'les trois coups', three knocks struck with a stick against the boards of the stage, before the curtain goes up.

43 *Un sergent de ville*. A policeman. The term, though old-fashioned, has remained in popular usage.

44 *Narcisse*. In Greek legend, Narcissus, whose pride in his own beauty had caused great suffering in others, was punished by Artemis, who made him fall in love with his own reflection in a clear spring. Thus he fell in love, but was denied love's consummation. He is described, however, as rejoicing in his torments, 'knowing at least that his other self would remain true to him, whatever happened' (Graves, *The Greek Myths*, Penguin Books, 1955, I, p. 287). No hint is given in the legend, however, of Narcissus both loving and detesting his image.

45 *Granville*. A famous seaside resort in the Cotentin.

46 *Je me sentais amant complaisant*. Again the narrator is playing paradoxically with words. A 'complaisant husband', who puts

109

up with his wife's lover in full knowledge of the facts, is the usual concept. Here the hero is a 'complaisant lover', prepared to put up with the husband.

47 *L'école Pigier*. A secretarial college.

48 *Robinson*. The French name for Robinson Crusoe.

49 *Détournement de mineur*. Corruption of a minor, under the age of consent.

50 *Le code*. French law, since the time of Napoleon I, has been codified, that is to say, set down in black and white in a series of Codes. (In this case it is the *Code civil* which would be consulted.) British law, on the other hand, relies far more on precedents.

51 *Le grand Larousse*. The most famous French encyclopaedia.

52 *Ses espoirs de mariage duraient ce que dure une saison balnéaire*. Anther literary allusion by the narrator, based on Malherbe's famous poem *Consolation à M. du Périer*. Perhaps the most well-known lines of this poem are as follows:

> Et rose elle a vescu ce que vivent les roses,
> L'espace d'un matin.

53 *Qui allait coiffer Sainte-Catherine*. Traditionally, girls who were still unmarried by the age of twenty-five wore 'the bonnet of Saint Catherine'. Thus 'coiffer Sainte-Catherine' now means to reach the age of twenty-five without marrying. (Saint Catherine, virgin and martyr, refused to marry the Emperor Maximinus, saying that she was Christ's bride.)

54 *La concierge*. Blocks of flats, in France, are usually looked after by a resident caretaker, who lives next to the main entrance, called a *concierge*. They can keep an eye on all who enter the block. They (and particularly the female of the species) are generally reputed for their inquisitiveness and tendency to gossip. (Thus the phrase 'c'est une vraie concierge' means 'she's a terrible gossip'.)

55 *La gare de l'Est*. The main station from which troops departed to the front line.

56 *A la Bastille*. At the gare de la Bastille.

57 *Un médium*. Spiritualist mediums claim to be taken over by the spirits of the dead, who speak through them without their being either aware of what is happening, or capable of resisting.

58 *L'armistice*. 11 November 1918.

59 *Une Sainte-Catherine*. Saint Catherine's Day (25 November); a day of festivities in which fireworks (including the Catherine wheel) play a part. Typically, the hero would be bored by such childish activities.

60 *L'alerte passée ... on reprenait la consigne.* Note the military images: 'once the alarm was over (once the all-clear had sounded) they took up sentry-duty again'.

APPENDIX

'La première version du *Diable au Corps*'

This text, first published in Odouard, pp. 237–40, has only the most tenuous connection with the eventual text of *Le Diable au corps*. Its only real similarity is the fact that it is about the love of an adolescent for a married woman. It is nevertheless worth reprinting here, for interest's sake.

A dix-sept ans j'ai cru savoir ce qu'était la vieillesse: simplement une première vie où ma deuxième finissait. Mais la vraie vieillesse, s'il y en a une, doit avoir plus de sérénité. Je crois plutôt que *nous passons par des alternations de jeunesse et de vieillesse. Un amour restitue ses dix-huit ans à un quinquagénaire; une déception quadruple l'âge du jouvenceau.*

Pourtant, jamais même à ce moment-là je n'ai souhaité mourir. Je me disais que c'était la solution la plus simple. Je crus qu'une aventure trop lourde pour mes épaules d'enfant m'empêcherait pour jamais de marcher droit. A tout autre âge *un drame amoureux peut vous marquer physiquement.* Celui-ci ne fit que me façonner et je crus ensuite avec terreur (*mot illisible*) le jour même où je naquis à l'amour.

Sans doute, depuis, mon orgueil voulant oublier, je me suis vengé d'Alice de mille façons.

Rien n'est plus lourd à porter qu'un enfant qui dort. J'en fus un dans les bras d'Alice. Je pus me croire aimé comme je ne l'avais été, simplement parce que même au moment où la mère éprouve des crampes, elle ne lâche pas son enfant. Je bénéficiai d'un sentiment maternel, bien que la différence d'âge fût médiocre. Elle ne permettait pas de prononcer cette phrase qui console toutes les mères d'un premier amour de leur fils:

"Mais tu ne te rends pas compte, cette femme pourrait être ta mère!"

Toute mon erreur vient de ce que la vie d'Alice était ailleurs; la mienne n'étant encore nulle part, s'accrochait à la sienne. Depuis j'ai pu admettre même ailleurs que dans le calme, qu'une femme aimait à la fois son mari et son amant. Alors que c'est son mari qu'Alice trahissait, je croyais que c'était moi. Cet officier de marine absent, elle le trompait avec moi, mais elle pensait à lui. Le plus trompé des deux, c'était moi. J'étais son amour par procuration. Cette obscurité dans laquelle vous

114

plonge l'amour, on se cogne aux êtres, à leurs sentiments, je n'y ai rien compris.

Un jour qu'elle me confia une lettre à mettre pour lui (savait-elle que je ne résisterai pas à la douleur de l'ouvrir?) je vis que ces mots d'amour dont elle me berçait, ces diminutifs, ridicules dès qu'on y pense de sang-froid, étaient les mêmes pour lui. Je lui en voulus de l'indigence. Si elle aimait deux personnes, ne pouvait-elle le faire différemment? Elle ne m'avait jamais appelé par mon prénom. Ces mots qui m'avaient apparu sublimes, dès qu'ils s'adressaient à un autre, je les trouvai grotesques.

Je gardai la lettre dans ma poche sans lui en parler, car j'avais encore trop honte de mon acte. Mais la première fois qu'elle m'appela du nom qu'elle donnait à son mari, mes yeux se brouillèrent; ma main était trop près d'elle pour que j'eusse la peine de la lever, et le bruit qu'elle fit contre sa joue, et je la laissai seule dans le paradis où elle semblait plongée.

L'irréparable était commis. De nouveau nous étions deux. Je la suppliai. Sans doute, après me pardonna-t-elle, mais, notre amour ne fut plus qu'un simulacre. Elle fit attention à ne plus m'appeler que par mon prénom. Voulant l'empêcher d'être heureuse à la faveur d'une méprise, je la forçai, dans l'amour, à ouvrir les yeux, pour qu'elle sût bien où elle était, et avec qui. Elle prétendit ne m'avoir jamais tant aimé. Mais maintenant l'irréparable était commis. Nos gestes dans le lit ne se répondaient plus. Sa tête appuyée sur un de mes bras, j'avais des fourmis dans la main. Tout à coup, elle poussait un cri. J'avais tiré un de ses cheveux, sans y prendre garde. J'assistais à cette agonie de l'amour, en témoin aveugle. Elle aussi. Alors que dans la plupart des amours, le nœud de la ficelle est si bien fait qu'un ciseau d'un drame doit le couper, notre amour était assez lâche pour se dénouer de lui-même. Mais je ne le savais pas.

Le retour du mari espaça nos entrevues, puis nous ne nous vîmes plus. Mais je ne m'apercevais pas ne pensant qu'à elle, et tout était fini depuis longtemps que je pensais encore à la façon dont nous arrangerions notre vie. Après avoir commis l'erreur de prendre le provisoire pour le définitif, je crus provisoire ce qui était irrémédiable.

De ce premier amour sans doute je sortais transformé, mais pas de la façon que je croyais. Je n'en sortais pas "homme", j'en sortais "vieux". Après avoir cru complètement en Alice, je ne crus plus du tout en elle, ce qui fut encore plus fou. Enfin cherchant à me distraire de son souvenir, des aventures qui simplement n'étaient pas faites pour moi achevèrent de me persuader que je ne pourrais plus aimer. Le printemps est fini, me disais-je. *Sans doute le cœur de l'homme a ses saisons, mais pas de la façon qu'on croit.* Oui, le printemps était fini, mais dans ma grossière ignorance, je ne savais pas qu'il reviendrait. *Un cœur n'est jamais vieux qu'à la façon des années plus irrégulièrement sans doute.* Et si l'hiver succède à l'automne, le printemps succède à l'hiver.

Cet amour fut comme un rêve: quand on se réveille impossible de le reconstituer. On embrouille tout ce qui paraissait s'enchaîner avec une logique implacable, ce qui fut mensonge, ce qui fut vérité. On découvre des vides, c'était pourtant ainsi.

Je m'inventais un jeu atroce. Quand je saluais un enterrement dans la rue, je me disais: c'est peut-être elle. Je me vengeai ainsi de son abandon, à voir que mon cœur ne battait pas plus fort, que ce m'était indifférent. Alice morte pour moi, je souhaitais qu'elle le fût pour les autres. J'aurais accepté plus volontiers sa mort que de la savoir vivre avec les autres. D'autres fois, c'est moi que je croyais mort, et j'étais comme doivent être d'ailleurs les vrais morts. Ce n'est pas l'envie, mais les moyens, certainement, qui leur manquent pour nous faire savoir: "Je suis là", "Je vous vois." Puis à quoi bon les troubler? Qu'en tirerai-je? Pourtant, certaines nuits, en passant devant sa maison, je ne pouvais résister; je jetais un caillou dans les volets de la chambre où son mari avait pris ma place.

Pour beaucoup de gens, un hochement de tête au bon moment fera croire à l'expérience. Je me crus un grand voyageur, et revenu de tout.

Moi qui lors de ma servitude, mon amour, effrayé certains jours de tout ce que l'amour nous interdit, amitiés, amusements, ambitions, j'avais souhaité ne plus en ressentir. Et maintenant que ce jour était arrivé, il était sans charme. Jeté dans des aventures d'une nuit ou de plusieurs, je pus comprendre que tous les amants n'étaient pas si égoïstes. Notre bonheur, a [sic] la détestable formule: c'est que chacun ne pensait qu'à soi, à son plaisir.

J'avais alors de courtes aventures où le cœur prenait peu part; il m'en resta une telle rancœur, un tel dégoût, que je crus vraiment impossible d'aimer, et j'y renonçais pour quelques moments, non de sang-froid, mais les événements m'y entraînèrent.

Je n'avais jamais vécu que comme si l'univers n'eut pas existé. Jamais une amitié ni même une camaraderie. Les livres d'abord, ensuite l'amour, ne m'avaient jamais laissé le temps d'y penser. J'écrivis à des hommes que j'admirais. J'obtins des peintres, des musiciens, des poètes, des lettres d'introduction pour d'autres. Dans un atelier où je m'attendais à trouver un vieillard, tant ce peintre était célèbre, et sa production abondante, je découvrai [sic] un jeune homme. Un littérateur, un musicien, au contraire dont le nom commençait à poindre, et que la distinction de son œuvre, tellement profonde que je l'imaginai jeune et beau, je le trouvai un monsieur chauve en sabots chez lui. Mais par ailleurs il infirmait la légende du poète dans une mansarde, car il habitait dans une cave. Si de prime abord je ne pourrai pas dire que je fus déçu, car il faut dans la déception établir des points de comparaison, et les deux personnages étaient toujours si différents.

"Monsieur X..., demandai-je, croyant m'adresser au concierge.

— C'est moi!"

De stupeur les mots restaient dans ma gorge, ce que le grand poète attribuait sans doute à la timidité. J'y gagnai immédiatement en sympathie; on prenait pour de la timidité ce qui n'était que stupeur.

Puis peu à peu je découvrais ma stupidité d'avoir pu prendre cet homme pour le concierge, la beauté de son regard, la noblesse de ses traits, la distinction de sa parole.